不是我馴服了鹿，

而是鹿馴服了我。

L'Homme-chevreuil

Sept ans de vie sauvage

鹿人·手札

Geoffroy  Delorme

喬佛·德洛姆……著　韓璞……譯

鹿人·手札

作　　者：喬佛．德洛姆（Geoffroy Delorme）
譯　　者：韓璞

小樹文化股份有限公司
總 編 輯：張瑩瑩｜責任編輯：謝怡文｜校對：林昌榮
封面設計：江孟達｜內文排版：洪素貞
行銷企劃經理：林麗紅｜行銷企劃：蔡逸萱、李映柔

讀書共和國出版集團
社　　長：郭重興｜發行人兼出版總監：曾大福
業務平臺總經理：李雪麗｜業務平臺副總經理：李復民
實體通路組：林詩富、陳志峰、郭文弘、吳眉姍
網路暨海外通路組：張鑫峰、林裴瑤、王文賓、范光杰
特販通路組：陳綺瑩、郭文龍
電子商務組：黃詩芸、李冠穎、林雅卿、高崇哲
專案企劃組：蔡孟庭、盤惟心
閱讀社群組：黃志堅、羅文浩、盧煒婷
版權部：黃知涵
印務部：江域平、黃禮賢、林文義、李孟儒
發　　行：遠足文化事業股份有限公司
地址：231 新北市新店區民權路 108-2 號 9 樓
電話：(02) 2218-1417 傳真：(02) 8667-1065
客服專線：0800-221029
電子信箱：service@bookrep.com.tw
郵撥帳號：19504465 遠足文化事業股份有限公司
團體訂購另有優惠，請洽業務部：(02) 2218-1417 分機 1124、1135

法律顧問：華洋法律事務所 蘇文生律師
出版日期：2021 年 12 月 28 日初版
＊特別聲明：有關本書中的言論內容，不代表本公司／出版集團之立場與意見，文責由作者自行承擔

ISBN 978-957-0487-76-3（平裝）
ISBN 978-957-0487-73-2（EPUB）
ISBN 978-957-0487-74-9（PDF）

＊本書獲法國在台協會《胡品清出版補助計劃》支持出版。
Cet ouvrage, publié dans le cadre du Programme d'Aide à la Publication « Hu Pinching », bénéficie du soutien du Bureau Français de Taipei.

國家圖書館出版品預行編目資料

鹿人。手札／喬佛．德洛姆 (Geoffroy Delorme) 著；韓璞譯 -- 初版 -- 新北市：小樹文化股份有限公司出版；遠足文化事業股份有限公司發行，2021.12
面；公分
譯自：L'homme-chevreuil: sept ans de vie sauvage
ISBN 978-957-0487-76-3 (平裝)

876.6　　110020159

小樹文化官網　小樹文化讀者回函

獻給我最要好的朋友「小威」。

你教我如何看、如何聞、如何愛，

教我相信一切都有可能，

也教我成為我自己。

推薦序——

也是一段人鹿戀？

文／巴代

我從來沒有隨意翻閱一份書稿，在幾頁之內便產生強烈的同感與一口氣讀完的念想，並產生出想為它寫點文字的感動。《鹿人。手札》便是這樣一本書。那樣的同感與共鳴來自於我族口傳故事中，關於人與鹿之間流傳百千年的情韻流動，也來自於我個人參與部落大獵祭最初的森林經驗。這樣的情韻與經驗，我不曾在台灣關於自然書寫出版品中閱讀與經歷過，而遠在法國的森林，在喬佛．德洛姆的筆下，居然鮮活的呈演在行文中。

在猶豫該不該摘錄原文作為吸引讀者往下翻閱時的現在，請容我先說說關於卑南族的〈人鹿戀〉傳說與個人森林經驗作為呼應。

在卑南族 **kasavakan**（台東建和部落），流傳著一個關於人鹿戀的故事：

> 位於半山腰的部落附近，一對夫婦生養著一個美麗的女孩，夫妻甚為疼愛這女孩，但日常農忙無暇多照顧，也就任女孩隨意活動。還好部落附近沒什麼危險的地形與動物，女孩總在父母下田工作時在附近四處冶遊，偶而追逐蝴蝶時出現在父母的小米田，又一閃而逝。一天，那母親看見女孩手上拿著一條琉璃珠串，女孩說那是一位朋友送給她的禮物，牠是一隻高大雄壯的鹿，那母親並不以為意，只當女孩頑皮，胡亂編織故事。
>
> 一日吃晚餐時間，那父親憂愁的說，小米田出現了不少蹄印，像是有動物出沒，他想去獵殺那頭動物。小女孩一聽，急忙說她有一位雄鹿朋友偶爾會出現在小米田附近，但已經約定好了不會進入小米田，

如果父親看見牠，千萬別獵殺牠。那父親知道那頭鹿是女兒的玩伴，便答應了。第二天一大早，那父親帶著弓到小米田準備埋伏，卻見到一隻有著三叉角的雄鹿在小米田旁遊走嚼草，他不加思索的立刻搭箭拉弓，連射了兩箭命中鹿的要害。那雄鹿驚詫的抬頭看著那父親，頸部噴濺的血液，讓牠蹣跚移動幾步便倒了下來，那父親見狀興奮的跑回部落喳呼，讓人一起幫忙抬到家裡。

女孩早預感到一股不祥，早早醒來等在院子裡，看見那頭鹿，她霎時昏了過去。醒來時，她啜泣責備父親沒有遵守約定。女孩絕望的説，既然都殺了雄鹿，她也不好再怪罪父親，她請求父親答應一件事，將雄鹿擺在屋簷前，把鹿頭擺正、叉角朝上，她想從屋子上方好好看牠一眼。説完，便趁眾人調整鹿的姿態時從屋後爬上了屋頂，她傷心欲絕的看著那頭仍然睜著眼的雄鹿，忽然一躍而下讓鹿角穿胸而死。她的父母傷心極了，復又看到女兒房間裡到處掛著的琉璃珠串，才知道女兒與雄鹿交往已久且用情至深。

〈人鹿戀〉的故事淒美，人鹿之間的溝通，族人深信那是可以進行的，只是如何進行？多年來，我未能從部落長老口中得到答案。本書作者喬佛·德洛姆以他在森林七年的生活體驗，先後與雄鹿達達、小威接觸、交往、溝通、成為朋友與鹿群家人的經驗，給了我一個具象與細緻的答案。他以生動、平實又謙遜與飽滿情感的文字，敘述著鹿的氣味與行誼，解析著鹿群語言結構的特質，描繪著鹿群迷人又難以理解的生活習性與藥理知識。這使得我個人經驗中，森林擁擠的喬木與灌木叢交疊的影像，在鹿群的活動下忽然變得開闊與透視似的，在人眼與鹿眼交相的視野下，一切顯得舒緩與可預測。彷彿我也聽懂了鹿的言語，牠們指責我童年時期某日，不帶同情的，只顧著好奇張目瞪著大鍋裡，一個有著三叉角的台灣水鹿頭顱，正隨著水溫逐漸增高而沿著鍋邊流動。當然，喬佛的鹿並沒有真正的指責我，但喬佛的森林描述，卻把我帶進部落大獵祭時期的森林經驗，那種夜裡瀕臨失溫，又不得不提高警覺防著野生動物夜裡覓食、移動時可能帶來危險的記憶，隨便一隻飛鼠滑翔而過揚起的風，也教人感到悚然。

最後，我決定不摘錄原文來誘惑讀者，因為本書多數的頁面中，隨處可見醒目又讓人忍不住筆記的段落，我相信讀者隨意翻閱，便會墜入其中。我得說，這是一本優秀的自然書寫作品，既真實、細緻又警醒人與動物，人與自然，甚至人與人之間所應該存有的信任、尊重與善意。

推薦序——

奔向森林，找回對自由的渴望

文／林雋

接受社會、融入社會，成為社會的一員，在社會化的過程中勢必會流失部分的「自己」。換句話說，社會化是被包裝為成長的妥協，捨棄自己成全他人，有時只是希望自己不被當成異類，時常被說以自我為中心的我，何嘗不是如此。在成長的過程中，喬佛完全保留了真實的自己。

《鹿人。手扎》除了是作者友情的告白，也是森林的陳情書，在喬佛筆下的麠鹿，比人類更近似人類，並不是人類無情，而是動物更有情。

喬佛的書寫是溫柔的，但他的下筆卻極為深刻，對於森林生態細膩的勾勒如鹿穿越森林，節奏輕巧如梟振翅，但那些蹄痕卻無法掩飾，那是他寫作的勁道，他隱居在森林中，卻在文字與影像之中展露著強烈的存在感。萬物皆擁有著同等地位，即使是最不起眼的小蟲子也散發著耀眼的光芒，若他是導演，任何風吹草動在他的文筆轉化之下，皆能成為一齣視聽享受的電影。

喬佛的攝影是柔中帶剛的，書中留下的攝影作品雖量少卻質精，在他的觀景窗中，鹿不再躲藏，任何一個野生動物攝影師都知道，要以中長焦鏡頭拍下動物的肖像，即使是現代相機狙擊槍一般精準的對焦能力，也十分困難。而令這些照片難能可貴之處，是鹿在喬佛面前能夠自由自在的生活。我相信喬佛的鹿友們是真的對他卸下防備。

喬佛也稱他在森林的生活有如冒險一般，不僅享受著生的樂趣，也必須時刻和死亡拔河，雖然家人無法接受，但他熱愛這樣的人生，甚至可以為了和鹿共同生活，並且完全成為鹿的同類，他漸漸不再回家補給物資，只為了不讓身體沾染人類的氣息。

用七年的歲月細心聆聽，在我看來，喬佛的純潔引領他走向自然，在森林中他找到可以相濡以沫的同伴，他看到了一群具有靈性的物種。動物不需要言語便可以展露有情的一面，而人類卻自以為是的認為能透過科學去計算森林可以容納的物種數量，卻不知道森林本就有一套調節機制，使得動植物間達到相互依賴的平衡。

同樣是喜愛戶外的人，我很能理解喬佛所寫的「我的內心深處有追求自由的本能，讓我一有機會就想逃離」，熱愛自由，只要感受到束縛，便會極力反抗。我有同感也有同情，正是因為生活在一個備受壓迫的環境，才能寫出自由的可貴，正因為無法壓抑心中的渴望，才義無反顧奔向森林。他用行動告訴人們，即使不當物質的奴隸，也可以自在活著。

喬佛用「被馴服」來比喻他和鹿之間的關係，文中的強調再三，不免讓我思考，原來我們人類不自覺的會認為自己的智慧駕馭在萬物之上。像我們常會說「我的狗」、「我的貓」，如果語言反應思想，那麼其他的動物對人類而言是否只是附庸的角色？而這樣的高傲彷彿根深柢固在人性之中，喬佛談人類對待自然的方式，一切其來有自。

喬佛長時間待在森林也使他看待事物的視野比凡人更為寬廣，他寫森林的溫柔，也寫森林的殘酷，大自然的演化遵守著汰弱留強的鐵律，對動物、植物或是人都一樣，如果不謹慎應對，用輕浮的態度進入森林之中，很快就會被森林反噬。從喬佛的故事裡，我知道他可以為了這唯一的目標全心全意付出。他專注、有決心，且不怕艱難，進入森林前，他花費時間學會辨識植物，學習在森林的生活方式。如果有人可以寫出一本關於鹿的森林史，也唯有喬佛能辦到。

目錄

致歐荷：

大自然便是我們眼前的一切，
我們的一切嚮往、我們的一切愛戀，
我們的一切所知、我們的一切信念，
也是我們內在的一切感知。

看見大自然的人，都會讚頌其秀美，
鍾愛大自然的人，都會知道其寬厚，
當我們相信並敬重大自然，它便是公正的。

看向天空吧，它也注視著你，
擁吻大地吧，它也憐愛著你，
我們的真理，是順應自然，
也是你自己。

喬治・桑[1]

1 喬治桑（George Sand, 1804－1876）：法國小說家、戲劇家。

前言

眼前的那個人是男還是女？一旦超過三十公尺，我的雙眼便失去了辨識這種細節的能力，而這樣的狀況為時已久。那個人身旁似乎有隻動物在玩耍。哎呀，是隻狗，拜託！不行不行，我得阻止他們前進，不能讓他們嚇跑我的朋友。

我和我那群朋友一樣都具有地盤意識，誰要是進到我的領域，就會被視為潛在危險，讓我覺得隱私受到侵犯。我的地盤擴及方圓五公里之地，如果有外來的人、獸進入，我便會尾隨在後、悄悄監視、調查對方的意圖。如果對方出現得太頻繁，我就會設法把牠趕走。

我從低矮的樹叢中走出，決定阻止那個人繼續前進。一股紫羅蘭的香

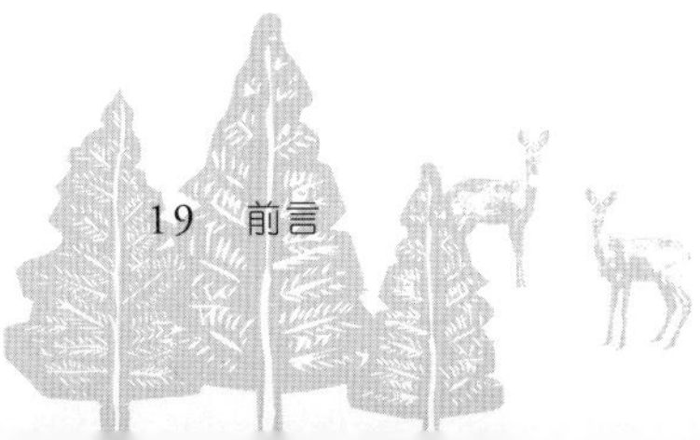

甜味突然飄散過來、刺激著我的嗅覺，看來，前方那位過客是位女性。我循著林中小徑前進，並且意識到自己已經連續好幾個月不曾和人類交談。我在森林裡離群獨居了七年，平常只和動物溝通，最初幾年還往來於人類社會和野生世界，但愈到後來，就愈決定徹底離棄所謂的「文明」，只願和我真正的家人——鹿——朝夕相處[1]。

本以為我早已忘記關注自己的外表，但走在林中小徑上，此時此刻的我仍不禁自問：我看起來如何？我的頭髮現在是什麼德性？多年來，我這一頭亂髮早就忘記了什麼叫做梳子。平時，我只會用針線包裡的小剪刀亂剪一通。還好我沒有鬍子，光是這一點就值得慶幸。我身上的衣服呢？褲子上沾滿了土塊，脫下之後大概可以像雕像一樣自己站著。不過，至少今天的褲子是乾的。剛開始在森林裡生活的時候，我還會時不時拿出小圓盒裡的鏡子看看自己的樣貌。日子一久，溼寒的空氣終於讓鏡子變得黯淡，我也就無從得知自己的模樣了。

迎面而來的是一名女子，我得表現得禮貌一點，別嚇到人家。但另一方面，我又忍不住在心裡告訴自己：「要對陌生人保持警戒。」我該說些什麼好呢？說「日安」嗎？對，說日安滿好的。不不，還是說「晚安」好了，因為白天差不多快結束了。

「晚安……」

「晚安，你好。」

---

1 鹿：法文為「chevreuil」，中文正式學名是「麅鹿」，體型與外貌都和鹿很接近，為了方便讀者閱讀，本書將以「鹿」稱之，但不同於體型稍大的「赤鹿」。

1

當時的我還很小，才剛上小學一年級。我坐在溫暖的教室為未來的人生打基礎——學習閱讀、寫字、算術，還有學會如何在社會上表現得體，但我總是忍不住望向窗外、忍不住觀察崇高的野生世界，觀察麻雀、知更鳥、山雀等出現在眼前的各種動物，羨慕牠們的運氣真好，能這麼自由。我和其他小朋友一起被關在教室裡，他們似乎樂在其中，但是年僅六歲的我卻已經開始渴望這份自由。我當然想像得出在野外生活有多麼艱苦，也知道這個單純祥和的世界其實危機四伏，但是這段觀察過程早已在我的心中埋下了一顆叛逆的種子，此時的我已經隱約感覺到他人想把我囚禁在以「人類視角」為主的世界。愈是窩在教室的窗前，我愈遠離所謂的「社會價值」。野生世界之於我，就像磁鐵之於指南針，施展著強烈的吸引力。

開學幾個月後發生了一件看似平凡的小事，卻讓我剛萌芽的叛逆種子再次茁壯。

某個晴朗的早晨，我一進到教室就得知全班當天要去游泳池。我比較膽小，一聽到這個消息就開始擔憂，來到游泳池的時候，早就嚇得驚慌失措了。我沒有學過游泳，第一次看到這麼多水，一股出自本能的恐懼頓時湧上心頭。其他小朋友都顯得很自在，只有我硬著頭皮、咬緊牙關。

紅髮女教練拉長著一張嚴厲的臉，要我進入泳池中，但我拒絕了，她板起了面孔並高聲命令我下水，卻再次被我拒絕。於是，教練踏著沉重的步伐走到我面前、抓起我的手，接著猛然把我扔進水中。我不會游泳，無可避免喝了好幾口水，身體也開始往下沉。我伸手發出絕望的求救訊號，卻瞥見教練也跳進了水中、朝我游了過來。我嚇得要命，還以為她打算殺了我！在求生本能的促使下，我居然像小狗一樣開始划水、游向泳池中央並潛入水面之下。我穿過分隔成人池與兒童池的浮標下方，一心只想快快抵達對岸。

抵達泳池邊緣後，我沿著梯子爬了出去，接著急忙衝向更衣間、穿上長褲和T恤。而在這個時候，教練也爬出了游泳池，正四處找我。我聽見教練踏在潮溼地面上的腳步聲，她沿著兩排更衣室的走道朝我的方向走了過來。接著，我聽到她打開第一間更衣室的門，然後用力甩上。此時的我躲在左邊第三間更衣室，心跳幾乎快要停止了。接著她打開了第二間更衣室的門，然後同樣粗魯的關上。不論誰聽到這一連串狂暴的碰撞聲，都會以為她想把每扇門都砸破。

心慌意亂之間，我匍匐在地板上，從更衣室隔板下方一間又一間往另一頭鑽，直到最後一間，然後趁教練還在別間更衣室搜尋的短短幾秒鐘起身、衝向另一頭的出口。逃離游泳池後，我在路上邊跑邊哭，淚水和泳池的氯水模糊了我的視線，直到碰上了一個看起來很眼熟的叔叔。這位叔叔是校車司機，他看到我一個人跑出游泳池便跟了上來、牽起我的手。我一邊啜泣，一邊跟他解釋事情的經過，告訴他無論如何，我都不願意再回到游泳池。司機叔叔盡量安慰我，而他的聲音和話語也稍微安撫了我。

我的小故事到此結束，班導後來也得知了事情的始末。回程的路上，我獨自坐在校車最後一排，老師和其他同學都盯著我，彷彿我是一頭危險的野生動物。經過這次風波後我正式休學，改透過國家遠程教育中心[2]提供的課程在家自學。

自此以後，我遠離了外面的世界，獨自在房間裡學習，沒有朋友也沒有老師。還好家裡有非常大量的書籍，提供我許多閱讀良伴（冒險家尼古拉．凡尼耶、探險家庫斯托、動物學家戴安．弗西、「黑猩猩之母」珍古德等等），為我講述了大自然與野生世界的種種。我還狼吞虎嚥了許多科普著作（像是《大自然日復一日》、《強者的法則》、《林中夥伴》），並試著將學到的珍貴資訊套用到我家的花園。我家的院子裡種了蘋果樹、李樹、櫻桃樹、小檗

2 國家遠程教育中心（Centre national d'éducation à distance）：法國政府所提供的遠程教育課程，學生可以透過此管道獲取相應的證照與學歷認證。

樹籬、栒子樹、火刺木和好幾株玫瑰叢，夠我探索消遣了。很快的，照顧這些植物便成為我脫離現實世界的主要管道。

有一天早晨，幾隻烏鶇鳥在我房間對面的樹籬中築巢，這個發現讓我下定決心，在幼小的心中發誓要守護它。我開始像停車場的警衛一樣在樹籬四周巡邏、趕走貓咪，不讓牠們循著氣味向這麼容易取得的獵物下手。無論早晨或傍晚，只要大人一放鬆對我的注意力，我就像貓科動物一樣，躡手躡腳的從窗戶溜到外面，趕去看望那羽翼一族。因為日日相見，牠們也慢慢習慣我了。我把麵包屑、蚯蚓或昆蟲放在盤子裡，讓鳥爸爸和鳥媽媽前來啄食，並把食物帶回去給雛鳥。日子一天天過去，鳥兒也愈來愈信任我，我漸漸能進到樹籬當中，在只有相隔二十公分的近距離觀察雛鳥啾啾叫的模樣。

牠們逐漸成長，終於大到準備離巢了。那一天，鳥爸爸在一群雀躍小鳥的前方開路，有幾隻還不小心跌落到地面，而鳥媽媽則跟在隊伍的後方。牠們一家圍著樹籬跌跌撞撞的前進，不時向我這裡靠近，好像是想向我介紹一番似的。僅僅九歲的我興奮的心跳加速，這是我與野生世界的首次接觸。我拿起相機拍下雛鳥的樣子，讓第一次的經驗成為永恆，還把相片寄給遠程教育中心的克莉格老師。

這段期間，我不斷在家附近擴大勘查範圍。我家樹籬後方有一排圍籬，下方有一個洞，可能是狐狸挖出來的，瘦小的我可以輕易鑽過去，於是我懷著冒險的決心，出發探索鄰近的田野。剛開始在月光微弱的黑暗裡夜遊時，雖然我的心渴望自由，卻仍有一股淡淡的恐懼，即使滿懷著小小探險家的熱情，行動起來還是小心又謹慎。但最後，我還是抵擋不住大自然強烈的吸引力，決定全心踏入野生世界。

在這片全新的遊樂場，我的各種感官一一復甦。我專注於腳下的步伐，在腦中記下各式各樣的路徑和地況。當黑夜降臨，我便以觸覺取代視覺，讓身體主動熟悉周遭的地形，甚至閉著眼睛也能前進。這種用身體記憶的過程，就跟半夜摸黑爬起依舊能找到電燈開關的道理相同，唯一的差別只不過是我將它運用在大自然當中。我發現周遭的氣息也經常改變，比如在夜間，蕁麻的味道特別強烈，土地的氣味也大不相同。每當我嗅到小聖萬池塘的溼氣時，就知道漫遊的行程即將結束，如果再往前進，就會抵達森林護管員之家，繼續往下走的話，就會進入未知的森林。歐夜鷹在我的上方盤旋，發出嘶啞又單調的奇特鳴聲。我的恐懼消失了，一個人依然能優游自在。

我的內心深處有一種追求自由的本能，讓我一有機會就想逃離。對我來說，世上只有一條規則值得遵守，那就是大自然的法則。我從不折斷枝葉，連枯枝都不願觸碰。我發明了一堆近乎荒謬的繁複儀式，例如我從來不從大樹左邊繞過去，因為我有種莫名的迷信，覺得如果從右邊繞過大樹，就比較可能發生值得記住的事情。我用這種方式建立自己的想像空間、精神世界，以及大自然與我的關係，一方面透過理性學習，另一方面又充斥著孩子對神祕主義的執著。

有一段時期，一隻狐狸經常到我家院子裡一棵枝葉茂密的樹下過夜。某個冬夜，我決定跟蹤牠。我跟著牠穿越田野來到森林護管員之家，我看

松林：我習慣在暴風雨期間來到松林。松樹有良好的擋風效果，松林間經常形成微氣候，溫度比其他區域高出一、兩度。落在地面的松果和松針很適合用來生火。

著牠繼續小跑進入了前方的空間。潛入未知世界的時候來了，我決定跨越原本設定的邊界，繼續跟隨那隻狐狸。前進一百公尺後，我終於在森林邊緣發現了狐狸巢穴的入口。

這是我第一次離家這麼遠。不變的風向把田野中的氣味席捲而來，天色霎時變得昏暗，萬物的聲響也倏然變化，在林間深處迴盪出形形色色的生命之音。我又往前邁出幾十公尺，任憑腎上腺素大量分泌，在神祕又未知的氣氛中享受著小小的刺激感，之後才轉身走向回家的路。

其實我完全無須擔憂，所有動物都明白，危險不可能來自森林，田野才是應該提高警覺的去處。森林讓我無限痴迷，每天晚上，我都想往林間深處再走遠一點，但我總是小心翼翼，不想突兀的闖入這個世界。

有一天晚上，我和一隻赤鹿碰個正著。那時是夏末之際，我並不陌生公鹿發情的叫聲，但我不敢靠近赤鹿群。對於一個十歲小孩來說，這種夜半嘶吼實在是令人害怕，所以忽然與這隻雄赤鹿邂逅，真讓當時的我嚇呆了。牠在我眼前不到十公尺的距離，體型雄壯魁武、全身散發出威猛的氣勢，每向前邁出一步，地面便隨之震動。我驚訝的盯著牠，方圓幾百公尺以外大概都可以聽到我的心正狂跳著。

突然間，牠轉身面對著我，開始發出嘶鳴，四周的母赤鹿聽了也跟著回應，牠們的叫聲不若雄赤鹿低沉，但聲勢一樣浩大，就像立體音響的低頻，震動著我的胸腔。

許久之後，雄赤鹿終於掉頭離去，我也轉過身，藉機向牠表明我不是為了牠而來。因緣際會下，我們在林中相遇，之後便分道揚鑣。我悄悄回到家裡，爬上床、蓋上被子的時候，我突然意識到這隻赤鹿方才給年輕的我上了一堂重要的課——動物無意傷害我。想著想著，我立即渴望重新回到森林裡。不過我必須耐心等待，因為我知道野生世界不會這麼輕易就對外敞開大門。

從此以後，每晚家人一入睡，我便會跨過房間的窗戶來到外面的世界。我鑽到烏鶇鳥入住的樹籬後方、穿過圍籬下的小洞，接著越過歐夜鷹的田野抵達昏暗的森林，進入包羅萬象的動物世界。當初帶我進入森林的

那隻狐狸，隨後也讓我認識了牠們的鄰穴獾，抬起頭，我還能見到各種貓頭鷹[3]。啊！如果森林裡真有什麼讓人毛骨悚然的動物，非貓頭鷹莫屬了，牠天不怕地不怕，靜靜的掠食，在森林風吹草動的呢喃細語中，無聲無息的飛翔，如果好奇心被撩起，牠還會大膽的趨前探視。第一次碰上貓頭鷹時我才剛看完《侏羅紀公園》這部電影沒多久，心中餘悸猶存。那隻貓頭鷹悄悄落在離我兩公尺遠的枝梢上，並趁我毫無防備時突然發出「嗚嗚」一聲。我嚇得往後一跳，卻被樹樁絆倒、跌了個四腳朝天，一個人愣坐在泥巴上。

不過夜晚的森林實在精彩萬分，許多動物都在入夜後開始活動，然而有些動物卻似乎從早忙到晚、永不停息。就拿松鼠為例吧！這群小動物原本讓我納悶極了，牠們白天在我家院子裡遊蕩，夜間依然忙個不停，什麼時候才有時間睡覺呢？後來，我翻到一本介紹森林世界的書，看著精美的插圖才恍然大悟，原來我在夜間觀察到那群忙上忙下的小型齧齒動物並不是松鼠，而是年幼的睡鼠，因為牠們也有一條毛茸茸的尾巴，才讓我誤以為是松鼠。

童年種種似乎一再告訴我：野外生活正在等我加入，只要一擺脫人間的束縛，森林馬上會張開雙臂歡迎我。我對這個自己所下的預言深信不疑，有時候晚上入睡前，甚至會緊握雙拳、祈求自己在半夜變成一隻狐狸，等到清早窗戶一開，便馬上逃向夢寐以求的廣大森林中。可惜，現實生活沒有這種精彩的劇情，平常我幾乎是獨自生活，沒有朋友與同學陪伴、沒有寒暑假，也無法參加學校的課外活動，除了經常一個人在夜間出遊，白天不是坐在書桌前自學，用書信與遠方的老師溝通，就是騎著腳踏車在院子裡亂轉。偶爾有機會出門，比如上街購物，店員看到我總是會問在家自學的情況，我一概回答自己很滿意現狀。然而在內心深處，我很清楚事情不太對勁，但是我沒有辦法跟其他孩子比較，所以也說不出個所以

3 法文習慣以「hibou」表示有耳朵的貓頭鷹，「chouette」則沒有耳朵，作者害怕的是有耳朵的貓頭鷹。

然來。

事實上，長久下來，這種強加於我的生活慢慢變成了一種精神折磨。所以我在十六歲的時候決定：從此以後，我不僅要在夜間出遊，白天的時間也要待在森林裡面。高中畢業考的那一天，我把准考證扔在玉米田裡，用這種方式反抗學校制度，這也是我做過最叛逆的行為。幾年前，我愛上了繪製大自然插畫，很想繼續學習。但是所有人都要我申請「商業活動與宣傳系」，老實說，我連這個系名的意思都看不懂。最後我實在懶得爭論下去，不得已申請了「銷售能力系」，因為其中有一堂函授攝影課，能讓我感到一絲的安慰。

我對野生動物世界的熱情始終未減，渴望能繼續接觸。因為經常在森林裡走動，我發現森林裡的動物已經能辨識出我的氣味、體態和動作，接受我進入牠們的生存環境，並容許我成為森林的一員。然而，我必須花大量的時間與野外世界相處，所以我總是用長期的攝影功課當作藉口，一頭栽進森林長達數日，甚至數週。回到家裡，大家都覺得我的活動不能算是工作，警告我不可能以此維生。但是對我來說，賺錢不是最重要的，我追求的是精神上的平衡，像森林裡的動物一樣時時刻刻活在當下，才是我在這個世界真正的位置。牠們讓我明白一件事：想得愈多，就愈感到不安且覺得置身於危險之中。過去經歷的困難、未知的將來，還有我不願妥協、不肯放棄每一個當下的態度，這一切都讓我感到自己正在逐漸枯萎。只有觀察周遭的大自然、沉浸在野生動物的世界當中，我才能透過不同的方式喚醒內在心靈、變得更明智。

連續好幾個月，我完全失去了時間概念，每次一進到森林，就忘記自己究竟度過了幾個小時還是好幾天。因此，我的生活更緊湊，內心也充滿了強烈的喜悅、驚奇與祥和。但是我並沒有因此失去現實感，還是會不時幫當地小報提供體育攝影，把賺到的錢用來買衣服跟食物，以免陷入窮困潦倒的境地。當然，沒有人相信我能獨自生存，也沒有人鼓勵我。大家都試著勸我，覺得「人群」才能保護我，一個人絕對難以存活。不過，他們愈想留住我，我便離他們愈遠。直到這一天，我決定與世隔絕、移居森

林。

《拉封丹寓言》裡有一個故事貼切的描述了我當時的感受，這個寓言叫做〈狼與狗〉，故事是這樣的：

有一隻狼瘦成了皮包骨，因為所到之處，每隻看門的狗都謹守崗位，因此他找不到任何食物。

有一天，他遇見了一隻迷路的狗，這隻大狗彬彬有禮，長得又肥又壯。狼一看到，恨不得撲上去將他撕裂吞噬，但是看到對方的體格，又怕自己打不過對方。

於是狼上前謙虛的恭維狗先生，讚美他體格強壯又魁武。狗說：「狼先生，想要像我一樣肥又壯並不難，其實一切全在於你自己！依我的看法，你還是離開森林吧！別像你那群窮途末路的同伴一樣，一個又一個餓著肚子等死，平時有一餐沒一餐的，就算難得能好好享受一頓食物，光是為了吃那一口，都必須拚死拚活。學學我，我保證你能過上好日子。」

狼問：「我該怎麼做呢？」

狗回答：「你可以做的都是一些舉手之勞的小事，比如看到拄著棍子的窮人和乞丐，就上前追咬他們，又比如在家懂得討好主人，你就能餐餐享受雞骨頭、鴿骨頭等殘羹佳肴，而且平常還能被主人疼惜的撫摸。」

狼聽了心花怒放，感動得眼淚都流了出來。

於是他跟著狗一同上路。走到一半，狼忽然瞥見狗的脖子上失去了一圈毛髮，他忍不住問：「你的脖子怎麼了？」

「沒什麼。」

「怎麼會沒什麼？」

「真的沒什麼。」

「到底是怎麼一回事？」

「大概是因為狗鍊戴久了所以掉毛吧！」

狼大吃一驚：「戴狗鍊？你是說，你平常不是想去哪裡就能去哪裡嗎？」

狗回答：「不能，但這又有什麼關係呢？」

狼說道：「關係可大了！這種飯我才不吃！就算你給我全天下的金銀財寶，我也不稀罕。」

說完，狼便扭頭離開了，至今依然在外流浪。

我想，這個故事的寓意是：寧可當自由自在的窮人，也不做備受束縛的富翁。

2

我在某個四月住進了森林王國。我決定盡可能只吃森林提供的食物，且原則上是以素食為主的雜食。要我把同樣住在森林的野生動物當作食物，是我連想都沒有想過的事。雖然我不想違背自己的價值觀，但我也尊重其他的物種，明白大自然中到處都存在著掠食者，但那是因為牠們別無選擇——如果不殺生，就無法活下去。

在森林裡尋找食物，首先要找到一片能同時提供糧食與保護的空間。剛開始，我把松鼠當作榜樣，用攝影工作賺到的錢採買罐頭、飲用水和一堆印象中不可或缺的維生物品。我不得不承認，在森林裡求生存的確相當艱險。我找了一棵樹，把東西藏在盤根錯節的凹洞裡，再用枯枝與落葉掩蓋起來，以為誰都不可能找到。可惜幾天後，我的寶貝全都被野豬翻了出來，牠們還興高采烈的享用了一番。野豬的蹄子就像刀鋒一樣銳利，牠們踐踏摧毀了我的家當、東西四散一地，連一個罐頭都沒有放過。沒有東西能抵擋野豬群強而有力的獸足，遺留在地上的殘骸彷彿在對我說：「你以為你在哪裡？」這件事的確讓我痛心了一陣子，但也明白自己要懂得看開一點。大自然總是在必要的時候、運用別出心裁的方式，迫使我們重新找到自己的定位。

經過這件事之後，為了避開愛吃鬼和好奇鬼，我把我那一點點的財富藏在早期偷獵者挖的洞裡，這些地洞直徑約八十公分、深達兩公尺，過去專門用來獵捕狐狸和獾。我拔掉陷阱裡面用來殘殺動物的刺樁，並且在上方鋪上牢固的樹枝，以免林中的行人不幸跌進洞裡。

另一方面，我還意識到了一個事實，那就是對我來說，從外面採購食物再扛著五十公斤重的背包、千里迢迢回到森林深處，實在是又累又得不償失。對於住在野外的人來說，疲勞可不是一件無所謂的小事。其實，最有效率的生存策略就是盡可能在當地尋找食物。森林提供了黑莓[4]、樺樹、鵝耳櫪[5]的葉子、各式各樣的漿果，還有栗子、山毛櫸、胞果[6]、榛果等堅果，以及車前草、蒲公英、酸模等不計其數的植物，味道不見得有多可口，但是有著豐富可貴的營養。從此之後，我只允許自己在缺乏食物期間吃那些從外面帶來的食物，即使是最平凡的義大利餃罐頭，都成了一場華麗的盛宴！

4 黑莓：就是俗稱的荊棘，是一種帶刺的灌木，夏天會開出白色或粉紅色的小花，到了八、九月以後長出漿果，和桑葚相似，黑莓從紅色轉為黑色就代表成熟了。

5 鵝耳櫪：小型落葉喬木，多分布在北半球溫帶地區，也被稱為「角樹」。

6 胞果：被子植物的果實類型，成熟果實的果皮發育成薄膜狀，乾燥且不裂開，果皮與種皮分離。

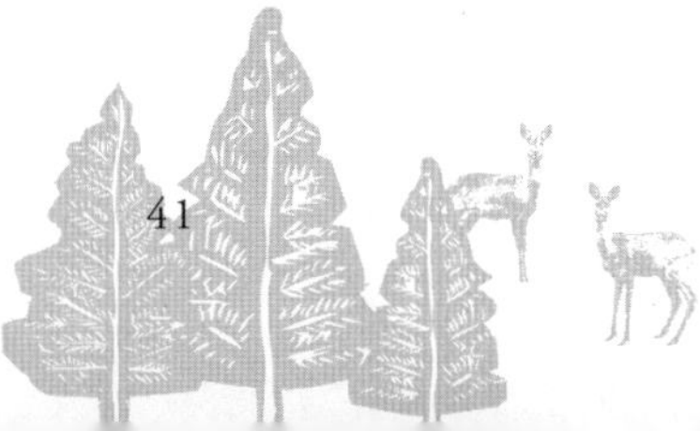

最後一個美食來源是獵人刻意分散放置在林中的食物，為了在獵殺之前，先把野豬養肥一點。但是，這些散落在樹下的西瓜、櫛瓜、番茄等蔬果，最後都進了我的肚子裡，其中還包括一些無加鹽的麵包，雖然沒有鹽分，但麵包畢竟還是麵包。這一招是我跟蹤野豬、狐狸和獾等動物時學到的，牠們是經驗豐富的小偷，並用實際行動教會了我這個技能。在森林裡多待一天，我就更接近牠們一些，也變得愈來愈「野」。除此之外，我也不知不覺的研究起動物的行為，努力讓自己成為森林中的一員。我常常在林中碰見野豬、赤鹿和狐狸，牠們雖然和我保持著一定的距離，但卻逐漸接受我，讓我出現在牠們的地盤中。幾個月後，我覺得自己已經融入了這個大環境——這片美妙無比的森林世界。而大約在此時，讓我重新審視野生動物世界、神祕又動人的角色出現了，那就是——鹿。

某個早晨，我正沿著小徑摘採葉片時，遇見了一隻鹿——我後來幫牠取名為「達達」，牠一看到我，便在幾步之外停了下來。我用緩慢的速度靜靜蹲下，一下子就被牠閃耀的黑色大眼睛迷住了。牠抬起頭，兩隻耳朵

松果大戰：頑皮的松鼠有地盤意識，如果我躺在樹下，牠們會把隨「爪」可及的松果等東西往我身上亂丟，一心一意把我趕走。

轉過來面對著我，尾部的白毛全都豎了起來。我們四目相接、互相對望了好一會兒，這幾分鐘的時間對我來說有如幾個小時。然後牠往身旁瞥了一眼，似乎是邀請我一起探索森林，接著牠慢慢轉身，優雅的鑽進低矮的林木中。我的心就像被什麼東西重擊了一下，彷彿聽到了森林的呼喚，一時之間，我的呼吸變得急促、雙腿也開始發軟，因為我意識到了一個事實——離開人類世界的時刻來臨了，我要與群鹿一起生活，我要進一步了解牠們。

3

這一天，我在黑莓叢裡進食。黑莓樹叢枝葉茂密，儘管小小的葉片平淡無味，但是有著豐富的營養。我花了四十五分鐘慢慢享受這份沙拉，並且突然注意到達達就在我的面前，牠探出小臉蛋、走出灌木叢。不像其他鹿一見到我就馬上逃跑，牠選擇待在原地觀察我的一舉一動。我想，達達應該已經待在這裡很久了，因為我沒有看到牠靠近時的身影。我靜靜等了幾分鐘，然後走出黑莓叢到一旁休息，假裝沒有看到牠，任由牠望著我離開。我們各走各的路，一整個白天就這樣過去了。

傍晚的時候，我趁著日落的涼爽時分，在林中空地摘了幾片西洋蓍草的葉片充飢。我又碰上了達達，牠一副沒事的樣子，我到哪裡，牠就跟到哪裡，好奇到這種程度實在讓我驚訝，看來牠下定決心要弄清楚我這個不請自來的新奇動物究竟是什麼。日子一天天過去，因為經常在這片共同的領地上碰面，我們之間的距離也慢慢拉近。

今天，我決定要跟蹤達達。北風強勁冷冽，吹拂著還沒生出新葉的林冠[7]。達達獨自臥在樹下反芻，我一邊在四周摘採葉片，一邊緩緩靠近牠，但是每次都盡量躲在大樹後面。我換了好幾棵樹隱藏身形，但是牠依然坐在原地一動也不動。要不是我練就了隱身的絕技，就是達達故意裝作沒看到我。

為了弄清楚真相，我往左跨出一步，忽然從大樹後方現身，這麼一來，從達達那裡絕對不可能沒有看到我。接著，我維持半蹲的姿勢慢慢朝著牠前進，卻發現牠正平靜的望著我。實在太不可思議了，這個小壞蛋打從一開始就在玩弄我，任由我躲在一棵又一棵樹後滑稽的行動。

前進到離達達只有十公尺左右的距離時，牠突然站了起來並伸了一個懶腰，我也停止前進，接著達達回過頭來開始觀察我，我們就這樣一動也不動的對峙了半個多小時。這個時刻對我來說真是神奇，難以用言語形容。看到面前的達達，我覺得身心都被滋養了，與大自然、與牠融為一體，不需要言語也能交流。達達接納了我，讓我進入牠的地盤，成為第一個享受這份特權的動物。我的心突然平靜了下來，頭腦也停止了運作。此時此刻，「尊重對方」成為我內心唯一遵循的法則。

不過幾分鐘後，我又突然擔憂了起來，生怕其他人類會在這個時刻打擾我們，我實在不希望達達把我和其他人類聯想在一起。

美洲印第安人曾告誡：「獵鹿的時候，腦中不可以想到鹿，動物感受得到這些想法，且一有感應就會馬上逃走。」我覺得這種說法很合理，因為腦海中的思想能轉變成情緒，而情緒則可以變成身體的氣味。所以我盡量維持正面思考，一心希望能和達達持續進行無須言語的對話。

7 林冠：有時也稱「樹冠」，這裡指的是樹林上方由枝葉組成的頂部。

蹲臥的時間久了，我的雙腿逐漸發麻。正當我不知道該怎麼辦才好的時候，達達終於起身往前走，我也跟著用半蹲的姿勢慢慢前進，但還是與牠維持著十公尺的距離。牠把雙耳反轉過來，時時刻刻都在分析我的行動、確保我沒有出現不恰當的行為。枯葉在我的腳下發出劈啪的碎裂聲，每次都讓達達驚跳一下。不過牠繼續輕快的前進，不時回過頭來等我跟上。這一切讓我的情緒高昂極了，我意識到自己正經歷前所未有的現象——這隻野生動物正在試圖馴服我。

前進了一會兒之後，我慢慢直起身體。我知道，當達達看到我站起來時，牠必須按捺自己恐懼人類的本能——在面對這隻高達一百七十五公分的直立動物時，強忍著不以跑百米的速度逃之夭夭。

就在這個時候，遠處忽然響起另一隻鹿的嘶鳴聲，我猜是那隻也對我充滿好奇、經常在林間遇見的鹿——小斑。達達一聽到小斑的叫聲便毫不猶豫的丟下了我，並且用驚人的速度往聲音傳來的方向衝過去，任由我像一頭笨驢般傻傻的愣在橡樹林裡。

達達：牠是第一隻願意信任我的鹿，並為我打開通往森林的大門。達達絕大部分的地盤都在這片林地上，如今這裡被一條環城車道貫穿。

與鹿在一起生活必須付出一定的代價，你得捨棄人類社會原有的規範，比如在這裡，沒有人會在分手的時候說「再見」；你還得放棄「定時用餐」或「夜間睡眠」等看來理所當然的習慣。和達達在一起，我見識了森林夜生活的多元面貌，也試著盡量融入其中，可是我很快就筋疲力竭了！我總想在夜裡睡上一場好覺、趁機養精蓄銳，但卻常常被吵醒，之後就很難重新入睡。夜間的森林喧譁吵鬧，貓頭鷹呼嘯、狐狸嘶嚎、野豬成群結隊外出，大家在森林裡面來來去去，整個晚上都是接連不斷的囂喊、鳴叫和嘶吼。去年才出生的幼豬特別貪玩，有時候甚至會跑過來用小小的豬吻拱我一下，接著轉身飛奔離去。

不過，睡眠的第一大敵還是寒冷。我曾經失溫過許多次，每一次的情況都大同小異，一般都是入睡以後開始作夢，然後突然醒來，發現全身發麻，同時有種想吐的感覺。幾個星期後，長期缺乏睡眠讓我開始產生幻聽與幻覺，我經常聽到各式各樣的聲響、見到某些莫名其妙的影子，有時候甚至以為自己正在飛翔！我累到虛脫、變得焦躁又易怒，連肩膀都抬不起來，頭彷彿有千斤重。更糟的是，我的視線開始變得模糊！我忍不住在心中對這場森林冒險的未來提出疑問。

問題在於，我根本沒有時間好好休息。白天我總是在尋找糧食、搭建遮雨棚，這些活動都非常耗時。棚子才搭好沒多久裡頭就滿是昆蟲，所以每天都要重新來過。有一天早上，我決定靜下心來思索自己的生活方式，結論是：如果我想繼續在森林裡生存，就得全部重新來過、安排更有效率的生活方式。現在是春天，我還有夏、秋兩季可以準備冬天的到來，如果辦不到的話，那麼森林探險就到此結束，我只能收拾行李、打道回府。我一定是哪裡沒有做對，或是忽略了哪些重點。

後來，我是在觀察達達的時候才找到答案。一般來說，鹿在白天與夜晚都採分段式睡眠，每一段睡眠的長短根據天候狀況來調整，平均兩個小時左右。這個發現讓我決定改變自己的生活節奏，向我的同伴看齊。牠平常的作息大概是這樣：睡醒之後先起身尋找食物，吞下一頓量大到令人側目的植物後找個地方坐臥反芻（我只有一個胃，不需要反芻，所以用這段時間來靜坐冥想），然後再睡一段時間。牠們還會根據季節變化把其他時間用在遊戲、生存、繁衍方面，或是標示地盤。我終於在觀察這群朋友的過程中明白了一件事——只要白天經常休息，夜晚就不見得非睡不可。

所以，我白天盡量蹲在乾燥的地面上打盹，我把右掌放在左膝上，左掌放在右膝上，再把頭枕在兩臂上方。睡了一陣子之後，嘴裡會積滿唾液，讓我自然醒過來。這樣的睡眠時間不長，所以身體不會失溫。為了補充睡眠，我學達達一樣在白天小憩，每次大約兩個小時。改變習慣以後，我終於有充足的時間來尋找食物，並在森林各處儲備樹枝，因為在野外求生，我必須隨時隨地找到足夠的木材在夜間生火。從此以後，我終於明白了一件事，那就是在夜晚行動，效益比白天更大。其實森林裡的動物都知道，在夜晚活動的好處就是誰也看不見誰，大大降低了生存的危險性，大家可以放鬆心情，自在的到處溜達。

清晨時分，朝陽從原野上方升起，晨光穿透了草地上的白霧與霜凍，閃動著七彩的虹光，我的身邊有一個可愛的鹿朋友相伴，這種感受實在難以形容。夢想已成真，我絕不可能走回頭路了。我的內心正在重生，新生的我選擇了通往自由的路。達達接納了我，讓我進入牠的生活，我找到了兄弟、找到了真正的家人。

4

住進森林成為我生命中的轉捩點，從此以後我不再懷疑自己了。從小，我就感到有一股強大的力量一直在把我推向森林王國，我內心唯一的選擇，就是把森林當作自己的家。當然，我並不打算像米歇爾・圖尼埃書中的魯賓遜[8]一樣放棄現代科技，回到擊石取火、手無寸鐵的原始生活，不過，如果我希望這場奇特的探險能持續下去，還是要謹守一些原則，不讓森林裡的那群同伴感到不安[9]。為了得到牠們的信任，我不能只因為想喘一口氣、休息幾天，就經常接受人類世界的誘惑。儘管天氣變化多端，飢餓與寒冷都是家常便飯，但我決心堅持到底。這群鹿朋友的生命比我自己的還重要，而牠們是否願意與我生活在一起，也影響了我的探險意願。

所以我盡量限制自己回到人類世界的次數，只在身邊留下少數不可或缺的用品。穿著方面，我有一些可以換洗的禦寒衣物，包括幾件羊駝毛褲、麻製T恤、初剪羊毛織成的毛衣、兩件帆布長褲、一條牛仔褲，還有兩頂水手毛帽。我之所以不用棉質衣物是因為太難晾乾了，而為了避免衣物發霉，我都把它們保存在密封袋裡，把密封袋裝進背包，再把背包埋藏在森林某處。

至於飲食用具，我有一個鋁製煎鍋和一個燒水鍋，一把用來切割、挖掘、削木、剝皮、砍枝葉的生存小刀。另外，我還把相機專用的太陽能充電器、打火機和身分證收藏在一個圓形鐵盒裡面。盒蓋下方有一面很實用

---

8 《魯賓遜漂流記》出版於一七一九年，原作是英國的笛福（Daniel Defoe），但法國作家米歇爾．圖尼埃（Michel Tournier）曾經改寫同一個故事，在一九六七年出版《禮拜五——太平洋上的靈薄獄》（*Vendredi ou les limbes du Pacifique*）。這本小說曾獲法蘭西學院小說獎，在法國相當有名，作者提到的就是這個現代版本。

9 這是因為作者每次回家一趟，都會把人類世界的氣味帶回森林中，動物對這類氣味特別敏感。

的小鏡子，如果腳底或背上被蟲子叮咬，就可以用來檢查傷口。

我知道自己活在一個抓毛絨[10]和塑膠用品無處不在的世界。長久以來，我們的社會一直用過度消費的行為來自我麻痺，人們不斷加入浪費的行列，崇拜與追求毫無用途的事物。這樣的社會動不動就用經濟作為標準，但整個經濟體系卻又隨時都有崩潰的可能，再怎麼有理想的人，都不得不改變原本的價值觀、放棄自己的尊嚴，並向社會現實低頭。所以說，我每天生活在野生世界裡，知道自己吃的是什麼，冬天刮風下雨時自己生火取暖、搭建庇護亭、製造求生所需的用品，這一切都讓我感到格外踏實。

不過，要完全達到自給自足的境界，還是需要一段漫長的過渡階段，不是說到就能做到的。最大的困難就是過冬，因為整個冬天都缺乏食物，要想熬過沒完沒了的寒冬，就必須學會事先儲存糧食，在春天就開始採集植物。一開始，我曾在準備冬糧的過程中遭受很多挫敗（比如蟲咬、腐爛、發霉……），後來慢慢開發出一套技巧，幾乎萬無一失，那就是把蕁麻、薄荷葉、奧勒岡葉、野芝麻葉、旋果蚊子草[11]、西洋蓍草、當歸葉等植物放進普通的網袋，白天掛在樹枝上日晒，晚上裝進密封袋裡防潮，就可以慢慢把食物儲存起來了。

當然，在付諸行動之前，我還花了很長的時間學習如何區分可食用植物和有毒植物，並研讀每一種植物的營養成分。就拿當歸來說吧，一般人都不敢摘採當歸的葉子，因為它長得實在太像毒芹了，古代雅典人就是用毒芹製作死刑犯的處決毒藥，比如古希臘哲學家蘇格拉底就是死於毒芹，幫這種劇毒植物打了幾千年的免費廣告。

另一個例子是熊蒜，熊蒜的葉片可口，含有豐富的礦物質，但是一般人很容易把它和秋水仙弄混。秋水仙是一種有毒的植物，而且毒得特別陰

10 抓毛絨：一種合成纖維布料。

11 旋果蚊子草：薔薇科蚊子草屬植物，花朵部分含有天然的阿斯匹靈成分，歐洲人自古便拿來入藥，也被稱為「繡線菊」。

森林裡的美食家：赤鹿重量不重質，牠們愛吃雜草，但是雜草的營養價值並不高。相比之下，鹿更精挑細選，只吃富含單寧、有益健康的植物。

險，要是不小心吃下肚，就會像嬰兒一樣沉睡，幾天後肝臟破裂，必死無疑。除了食物中毒，食用過量也會造成危險。比如酸模葉，它的口味很重、容易咀嚼，但是吃太多就可能會消化困難，引起腹部絞痛。

上述植物都有豐富的礦物質，但別忘了蛋白質也很重要。一到秋天，我就會在森林裡採收栗子、榛果、橡實等各種堅果，這些植物糧食可以為人體提供均衡的養分，且不含動物性蛋白質。跟其他食物比起來，堅果容易儲存多了，所以我模仿小松鼠，把各種果實都保存在岩洞或樹洞裡面。

關於營養還剩下一個麻煩的問題，那就是：如何攝取維他命。維他命主要來自於水果，但水果一般都生長在春、夏兩季，必須經過消毒殺菌才有可能保存，這對我來說當然是辦不到的事。我唯一能做到的，就是像動物一樣讓身體自己習慣在冬天儲存維他命C。這種做法聽起來好像行不通，但是我連續多年，都是靠這種自助法過冬。

總而言之，如果能確實掌握糧食的儲存量，在準備過程中又沒有出現意外，加上體質本身就比較容易適應，那麼你大概能在一年後達到自給自

足的狀態。

在野地生活，我吃的加工食品愈來愈少，並慢慢用採集到的食物來取代。我發現小花柳葉菜的根部可以食用，以前的人把這種植物叫做「治百病」，摘採時只要用小刀挖出根部，就可以直接生吃。另外，蕁麻根、黑莓樹叢的側根和野生胡蘿蔔，也都可以拿來當作食材。

不過我不打算和讀者誇口，還是實話實說吧！其實一開始，這些食物都讓我非常反感。我從一個濫用糖和鹽的美食社會，來到這個處處都是苦味、澀味的飲食環境，當然無法馬上習慣。沒錯，天然植物的植株與根莖對健康有益，但你不得不向全天下的美味說聲再見。比如野芝麻葉就含有豐富的蛋白質和微量元素，要想在森林裡求生，這些營養必不可少，但是野芝麻葉吃在嘴裡，這個嘛……就好像在吃堆肥一樣。還有一種富含蛋白質的植物叫做紫草，吃起來居然微微有比目魚的味道！不過還好，不見得所有食物都這麼令人倒胃口。在森林裡居住了幾個月之後，我已不再懷念玉米片的甜味，反倒發現有些天然植物——比如三葉草花和樺樹液等——

都有一種甘甜爽口的滋味。

在森林裡過冬，除了對抗飢餓之外，還要能夠抵禦寒冷。在抵抗最惡劣的氣候時，我選擇綿羊毛，它是自古以來就經過前人考驗的材質，在所有布料當中，潮溼了依然能保暖的就只有羊毛。我的穿法是採用大小、編織密度不一樣的毛衣，一件套一件。貼身的那一件最薄、編織最密，有點像小鹿表皮的短毛，有取暖的作用；中間那層毛衣比較大件，能夠保暖但不妨礙透氣。最外面的那一件是用粗毛線織成的，能隔絕外界的溼氣和霜凍，淋雨時只會吸水膨脹，不會馬上就把溼氣向內傳到身上。如果外層溼了，我只要把它脫下來擰乾水分，再重新穿上就可以了，因為體溫比外界的氣溫高，所以毛衣上殘留的水分很快就會自然蒸乾。

我很少穿派克大衣[12]，因為這種外套不能幫助排汗，如果身上因此累

12 派克大衣：一種連帽的外套，能夠防風、防雨、防雪，傳統的派克大衣是用皮製的，但作者這裡指的是如今常見的合成布料大衣。

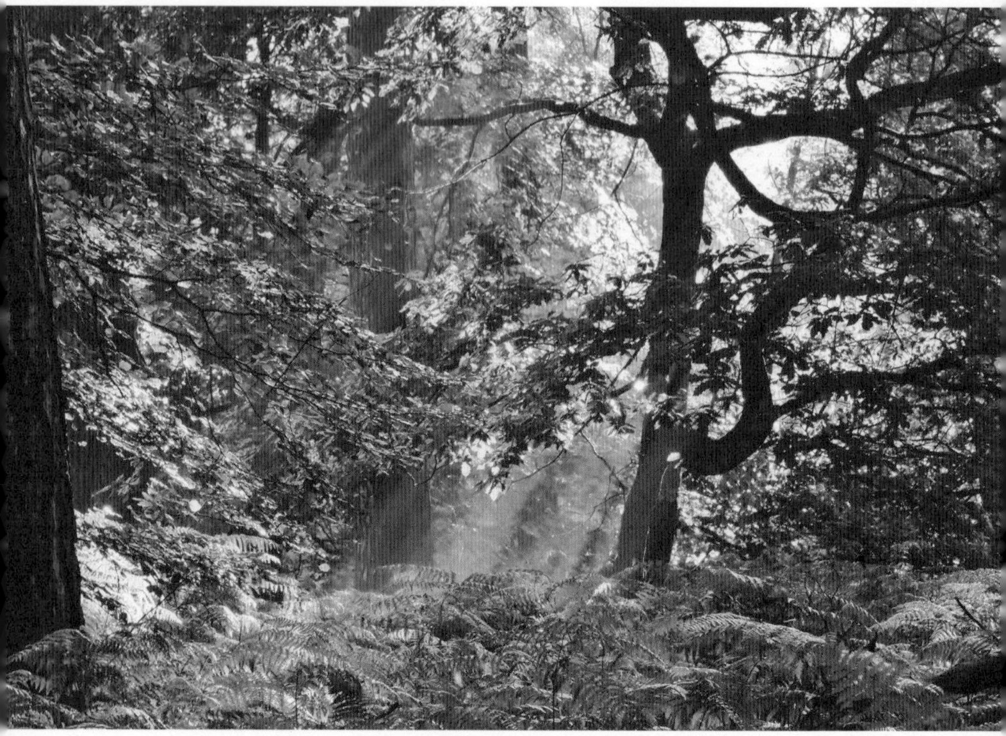

森林：有時夜晚的空氣很潮溼，溫暖的陽光在清晨時分蒸乾溼氣。小徑兩旁的植被沾滿了朝露，會讓葉片更鮮嫩。

積了溼氣，反而會冷到骨子裡，增加失溫的風險。我的襪子是用羊駝毛織成的，我還會在長褲裡面穿一條羊毛褲，頭上戴一頂毛帽，雙手戴上手套，大大增加保暖的效果；我全身上下只有鞋子是GORE-TEX[13]技術製成。

為了能和野鹿和平共處、跟在牠們身後走動，我在野地生活的時候總是盡量排除各種擾亂思緒的雜念。一開始我一直做不到，但到了第二年，我不聽不聞人類世界的一切，開始變得有些「無知」。我獨自和鹿群生活在一起，腦中什麼也不想，也不用語言文字去稱呼眼前看到的事物、鼻子聞到的氣味、耳中聽到的聲響。我用「心」來感受大自然，而不用理性來分析，能在森林裡與牠們一起生活我就心滿意足了。我平時不常開口，盡量靠直覺感受事物，用直覺代替言語。我向自己提出了一個挑戰，就是在

13 GORE-TEX：一種合成的防水透氣布料。

面對達達的時候，只用模仿、觀察、領會的方式來認識牠。至於達達呢？牠可能比我還好奇，也想盡辦法在認識我！所以我排除行動與思想，用感覺、用心來感受自己的存在。

打從這時開始，我愈來愈欣賞鹿這種淘氣又貪玩的小動物。牠們有時候居然會進到菜園或果園，占一占人類的便宜。我當時很想用攝影機捕捉這些永恆的片刻，希望有朝一日能集結成書、出版一本攝影集，所以常把相機和充電電池帶在身上，打算一等到相機沒電，就隨時從口袋裡掏出來更換。可惜的是，電池遇冷容易掉電，而我的小型太陽能充電器在光線微弱的森林裡，實在幫不上什麼大忙。

適應大自然的過程十分漫長，需要拿出耐心、平心靜氣的等待。身體內部的新陳代謝會變、人的心境會變、直覺反應會變，一切都會改變，但是變化的速度很緩慢。我必須鍛鍊出韌性，讓身體適應外在，接受時間的洗禮，不要妄想去征服自然，否則一定行不通。森林既不是真善美的樂園，也不是險惡的刀山火海，只是不斷讓我們質疑自己而已。

5

每隻鹿在日常生活當中都有固定不變的習慣。我發現我大可不必浪費時間與體力，在矮樹林[14]裡去尋找牠們的蹤跡——別忘了，對於住在野外的我來說，能量可是珍貴的資源，我只要在牠們固定會經過的去處耐心等候就可以了。比如有一隻我取名為「小飛」的帥鹿，每天都習慣在寧靜的日出時刻來到一條小徑旁啃食嫩芽，如果我想見牠，只要像今天一樣來這

14 「矮樹林」或「下層植被」指的是森林下方較矮的樹林、灌木叢等植被，雖說「矮樹林」，但矮樹最高還是可達六、七公尺。「矮樹林」不同於「矮林」，後者指的是樹木細瘦矮小的樹林。

裡坐著等牠出現就可以了。

現在正是春天，草地上覆蓋了一層霜。太陽剛剛升起，輕撫著被夜晚凍冰的臉頰，陽光溫暖著我的身軀，蒸乾衣服表面散發出來的刺骨溼氣。

小飛已經來了，直到目前為止，大部分的成年鹿都還沒建立自己的地盤。小飛經常處於警戒狀態，有時會猛然抬頭，或是轉頭四下張望、嗅一嗅空氣後才回到正事——繼續低頭啃食。

不過在此同時，小斑也出現了，牠發現潛在的競爭對手進入了自己的地盤，決定穿過我面前的小徑，朝我的方向小步小步晃蕩過來。小斑在我面前停了下來，若有所思了一會兒才從我左邊繞開，但是牠一面遠離，還一面伸直脖子盯著我，彷彿正用嘲弄的眼神對我說：「喲！你在這裡啊！」小斑直接朝小飛走了過去，因為可憐的小飛才是牠真正的目標。

我和小斑算不上是朋友，但我還沒住進森林之前就經常碰見牠。我知道牠的地盤意識很強，而且很有個性。我幫牠取了一個綽號叫做「吶喊哥」，因為每當四周有任何動靜，牠就要大吼大叫。小斑的伴侶「星星」

是一隻修長苗條的母鹿，雙眼閃爍著精明聰慧的光芒，我一看到牠就忍不住在內心讚歎。牠跟在小斑身後，對標示地盤的工作似乎沒什麼興趣。我看到星星的肚子有些隆起，知道牠今年會生下小鹿，不禁開始替未來的小寶寶取名字。

小斑這下看清楚了，剛剛進到牠的地盤邊緣的，確實是小飛。

鹿和人一樣習慣各過各的日子，到了劃地盤的季節，彼此之間難免會有些爭執，因為年輕的雄鹿一旦過了成群結伴出遊的年齡，就會找一片能提供食物與保護的區域，在上面建立地盤。牠們必須驅逐其他競爭對手、抵抗外來者的入侵，而且盡可能避免和其他雄鹿分享同一片地盤。

在所有的雄鹿當中，小斑劃地盤的能力最高、無人能敵，而小飛的地盤離小斑的很近，有些區域甚至是交集的。「這個臭小子居然敢來吃我家門前的草」，今天，這兩位鄰居非得把話講清楚不可了。小斑下定決心，準備要給這個傢伙來點教訓，牠伸出舌頭舔一舔自己的鼻孔，找到了一個逆風的位置。

小飛雖然警覺，但對身旁發生的一切卻毫不知情，還在安心啃食。突然間，小斑發出一聲劃破寧靜的嘶喊，一面狂吼一面朝著小飛衝了過去。小飛驚跳了一下，迅速往一旁飛奔，也跟著沒頭沒腦的吼了起來。但是在倉皇失措、手忙腳亂之間，小飛不但沒有逃走，反而不小心衝進了小斑的地盤。小斑一看便愣住了，牠停下腳步喘了幾口氣，不敢相信這個小渾蛋居然這麼膽大包天，於是再接再厲的用勁嘶喊、乘勝追擊。不過小斑的追趕經驗雖然豐富，但小飛這個名字也不是白白得來的，牠的動作輕巧敏捷，先跳過一棵倒地的樹幹，然後向右急轉，牠像飛一般往矮樹林的方向衝過去，一溜煙就消失不見了。

小斑追丟了小飛，心裡大失所望，忿忿不平的回到星星身邊，嘴裡還不斷咕噥，牠邊走邊用腦袋摩擦沿路的植物，用這個方式明明白白昭告天下：這裡是小斑的家園，其他動物非請勿入。

星星對這些活動還是不怎麼感興趣。不過你別看星星長得可愛，就天真的以為牠不在乎地盤問題。我後來才知道，其實母鹿之間也會競爭，牠們都不讓其他鹿出現在自己的領域。年輕的雄鹿經常根據母鹿的活動區來選擇領地，牠們想盡辦法尋找芳鄰，而且多多益善，因為與愈多的母鹿當鄰居，到了七、八月份發情期，選擇就愈多。這時，如果前一年出生的小鹿還賴在媽媽身邊不走，母鹿就會想辦法告訴牠們：「獨立謀生的時候到了。」有時候甚至會凶巴巴的把子女趕走。雖然如此，大部分的母鹿都會在自己的活動區域旁為女兒建立一塊地盤。

原則上，每一隻鹿每年都會想辦法回到去年的地盤，重新劃地占領。但是，只顧著開發林木的人類不管這麼多，常把某些區域砍伐成平地，影響到鹿群標示地盤的正常週期。我的朋友小威同母異父的兄弟勇勇，就不幸碰上了這種情形，我不久會在後面講到牠的故事。

一到春天，年輕的雄鹿就會開始標示地界，標示的方法有好幾種。第一種技術叫做「刮地」，也就是用前蹄在地面重複刮磨，把足腺分泌的氣味留在地面上。完成「刮地」幾週後，雄鹿開始進行第二階段的「塗抹」技術。牠們會找一棵還沒有長出枝葉的幼小灌木，用鹿角在柔嫩的樹幹上使勁摩擦、磨掉角上的絨毛。等到絨毛完全脫落後，樹幹多半也磨得很光滑了，雄鹿會在這時把額前腺體分泌的物質塗在樹幹上，用強烈的氣味通知天下：我曾到此一遊。

完成前兩個步驟以後，雄鹿會開始用非常規律的速度，在自己的地盤上到處巡視。牠會用口鼻摩擦低矮的植被再次留下氣味，證明牠曾經來過該處。有時候，牠還會合併「刮地」和「塗抹」技術，把地盤界線清清楚楚標出來，讓競爭對手不但能「聞到」牠的氣味，還能「看到」牠來過的記號。

霧氣愈來愈濃，太陽一會兒露臉，一會兒又躲了起來。我決定離開小斑和星星，出發去找達達。

法國西北方的厄爾省有一座柏赫森林，面積大約四千五百公頃，林地緊貼著塞納河的第四個河灣，整片森林的形狀很像一個馬蹄鐵。如果走在森林東邊，就會發現這裡長滿了松樹和山毛櫸，如果往西邊慢慢前進，就會看到愈來愈多的橡樹和甜櫻桃樹。我選擇住在森林東邊，在克魯特岬角上方定居，這個大型岬角俯視整個塞納河谷，眺望遠方時，還可看見著名的「情人坡」，喜愛健行的人經常來這裡。

這座小山為什麼叫做「情人坡」呢？這個名字來自中世紀的一首古詩，詩中講述了一個這樣的故事：

> 很久很久以前，男孩哈梧和女孩瑪蒂德非常相愛，有一天，哈梧請求瑪蒂德的父親——岡德盧男爵——把女兒嫁給他，但瑪蒂德的父親不願意，開出了一個幾乎不可能達成的條件：除非哈梧抱著瑪蒂德從一座山的山腳爬到山頂，否則男爵絕不允許他們成婚。哈梧毫不猶豫的接受了挑戰，抱著瑪蒂德開始登高。但是這座山的坡度實在太大、山路實在太陡了，哈梧咬緊牙關往上爬了很久，雖然抵達山頂，卻筋疲力盡而倒在地上，結果就再也沒有醒過來了。瑪蒂德眼見心愛的人死去，痛不欲生，想都不想就往山下一跳，跟著哈梧一起殉情。男爵看到自己犯下了天大的錯誤，既悲痛又後悔，只好請人在這座受詛咒

松林間的小斑：小斑是我認識的鹿當中，地盤意識最強的一位。因為牠動不動就愛亂叫，所以我也叫牠「吶喊哥」。

的山頂上建一座修道院。

後人為了紀念這個故事，就把小山稱為「情人坡」，如今這裡已經成了賞心悅目的旅遊景點。

我的「地盤」面積大約五百公頃，我愈來愈熟悉這片居住環境，不但對各種動物常經過的小徑瞭如指掌，也從經驗中鍛鍊出好幾種認路的訣竅。

第一種是用嗅覺來辨識，這種技能一到夜晚就特別重要。如果你往東，朝著種植穀物的田地前進，就會聞到一種氣味，而你如果回頭往西，朝著塞納河的方向行走，又會聞到另一種氣味。每一種植物都有自己獨特的氣息，比如橡樹會散發出古老屋梁的木香，栗樹、蕨類、旋果蚊子草等植物也都有特殊的香氣，走近池塘的時候，我還能聞到蘆葦和淤泥的氣息，這一切都能幫我辨別方向。

我的眼睛也慢慢習慣黑夜了，雖然還不像貓一樣厲害，但視力已經大有進步。

觸覺給我的幫助也很大。我們常在夜晚小憩、夜遊或是進食，但在黑暗當中怎麼尋找植物呢？就拿車前草和酸模葉來說吧，這兩種植物的葉片長得非常相似，很容易混淆，但是它們的葉脈走向不同，所以只要拿在手上一摸，答案就立刻揭曉。

當然，這些知識是經年累月的學習，並不是隨便到野外度個週末，在森林裡晃蕩兩天就能學到的。我至少花了兩年才累積了這些經驗，但我要向森林學習的事物還多得很呢！

我猜達達此時一定在一棵百年老樹附近。這棵樹高大宏偉，豎立在一片年輕的山毛櫸樹林中，簡直就像大教堂聳入雲霄的石柱一樣。陽光穿透森林裡的景物，金色的光芒彷彿瀑布流洩一地，襯托出森林的輪廓，逆著光，我在這片美景中發現了我的朋友。達達認出了我並盯著我瞧，儘管入春以來達達進入了換毛期，看起來有一點邋遢，但我依然覺得我的森林王子長得真帥！

一到春天，白日就開始變長。這個時候，鹿也開始脫去冬毛、換上夏季的毛皮。夏裝亮麗的毛色光滑俏麗，由不同的紅棕色組成，只有頸毛、尾毛與腹部下方是乳白色。秋天以後，鹿的換毛過程進行得無聲無息，在短短幾天當中，厚重的冬毛取代了夏毛。母鹿尾毛中央的尖毛加長，變得特別醒目，雄鹿陰莖護套上的毛也在此時變長。

達達看起來焦躁不安，似乎有些困擾。

我盤腿坐在地上，左半邊屁股坐在右腳的鞋跟上，右半邊懸空，然後每半個小時換一次姿勢，這樣才能確保雙腿不發麻。我絕對會避免直接坐在地上，這個小細節看起來雖然沒什麼了不起，但實際上卻很重要。如果地面潮溼，水氣就很容易滲進衣物，一整天都乾不了，一到夜晚就變成了一股擾人的涼氣，大大破壞了野地生活的樂趣，而且野外溫度較低的時候，溼氣還可能讓人生出凍瘡，甚至引發失溫症。

達達還站在那裡，牠在等待。突然間，牠直視前方，我順著牠的目光望了過去，認出了阿怕。阿怕是一隻年滿六歲的雄鹿，我還沒進到森林裡探險的時候，牠就已經在這裡生活了。阿怕非常討人喜歡，牠年齡不小，又很有個性。儘管牠壯碩的體格讓我歎為觀止，但是即使一顆掉在幾公尺旁的松果，都能把牠嚇得溜之大吉。（樹上的松鼠可笑爆了！）

此時，我的朋友突然對著阿怕低下頭，達達炫耀著頭上的兩隻角，並點著頭，用前蹄在地面上撥動，試著嚇退對手。但是阿怕假裝沒有看到達達對牠的「威脅」，完全當牠不存在一樣，晃著晃著就離開了。其實阿怕對這塊地盤根本沒興趣，因為牠自己就住在對面的林地。

若有兩隻雄鹿冤家路窄，來不及互相迴避時，常常會一面嘶鳴，一面用鹿角在樹上摩擦，用這種造勢的方法來解決爭執。過去，牠們比較常用鹿角打架，但這類爭鬥不常發生，而且就算真的發生了，傷勢也不嚴重。我在森林裡住了七年，從來沒看過雄鹿打架，當然，這不表示真的沒有這類爭執。其實人類世界也是一樣，有些人天生就比較凶悍好鬥，一開始只不過是玩一玩，但有時玩到後來卻假戲真做。如果對方的雄性賀爾蒙突增，攻擊性也會跟著變強。鹿群的地盤爭執大約在每年五月達到最高峰，

等到大家都搶占到地盤以後，衝突就會逐漸消失，免除不必要的武力鬥爭。

我看到有一隻小鹿正從森林深處走向達達，牠叫波克，特別害羞膽小。牠的運氣很不好，因為一直沒有自己的地盤，只能在不屬於自己的地區到處流浪，整個夏天都徘徊在小樹林、灌木叢或是樹籬當中，生活條件很惡劣，日子孤苦伶仃。

這一類落魄的族群往往是不到三歲的年輕小鹿，或是超過十歲以上的老鹿。有些鹿一輩子都爭取不到一片屬於自己的地盤，如果受傷、生病或是年老，就完全失去了競爭能力，最後只有死路一條，無形中成為生命循環、族群自我調節的一個環節。

如果當年出生的小鹿體能瘦弱或欠缺鬥志，無法當家自立，甚至連競爭對手都不把牠們放在眼裡，就只能在接下來的一年裡，繼續接受父親或其他長輩的保護。而在這一年當中，如果長輩不幸喪生，小鹿就能暫時接收地盤，並得到其他鄰居的尊重。因為牠們熟悉自己的領地，又從小接受長輩的教導，所以如果遭受攻擊，通常都能成功保衛自己的地盤，甚至打贏比自己更強壯的對手，在明年春天以前繼續住在同一片地盤上。

原則上，無論是雄鹿或雌鹿，只要是無家可歸的流浪漢，都會被其他同伴趕走、離開地勢優異的區域，只能在沒有樹木保護的次等地段流浪，平常覓食的品質也比較差。不過，我曾經在阿爾卑斯山等高山針葉林區觀察到一個特殊的現象，在這些高山上，無家可歸的「遊民」通常住在森林中央、樹木茂密的陰暗區域，只要旁邊出現新的林區（可能是自然生長，也可能是人工種植），牠們就會離開中央地段，盡量移居到外圍的新區域。換句話說，在這些高山上，最好的地段都在森林外圍，由最強壯的雄鹿所占領，鹿群的擴張方向是從外往內的。

波克慢慢靠近達達，想從牠身上找到友情和安慰。達達看到波克這麼瘦弱，便答應把一小塊地分給牠。當我看到波克這麼膽小，就決定暫時離開牠們，因為我不希望波克太害怕我，影響到達達對我的信任。

朋友一不在身邊我就開始覺得孤單了，所以我打算用同樣的辦法，讓自己被達達、小斑、星星和小飛以外的鹿給馴服。但說是一回事，實際上做起來可沒有這麼簡單。的確，達達信任我，讓我跟著牠，但別的鹿不會因為看到我在達達身旁就馬上接受我。被馴服的過程比想像中困難，因為我必須分別向牠們採取行動。鹿到冬天會開始聚在一起生活，如果我只和團體裡面其中一隻鹿有交情，還不足以和大家成為朋友。我必須了解每一隻雄鹿、雌鹿的習慣和性格，一個一個向牠們證實我並沒有居心不良，才有可能得到各家的信任。而且說到性格，牠們每一位可都個性十足呢！

每到冬天，鹿就會結成群體，每個團體的總數可能超過十隻。有時牠們會像遠親赤鹿一樣，組成分散的小群，但這種生活方式絕對不是群居。

我回頭去尋找小斑，發現牠已經和星星離開我的地盤，爬到白堊山坡上去了。那裡的灌木叢很濃密，以我的個頭要鑽進去太困難了，只好暫時放棄試圖和牠們進一步交往的機會。

6

有一天晚上我碰見了達達，我們一起漫步了好幾個小時，走到哪裡就黏到哪裡。那時候已經入春，樹木開始發芽，但香甜多汁的嫩葉卻遲遲不肯長出來。平常我們每天都可以吃到黑莓葉，黑莓葉有一個好處，就是它全年生長，什麼時候都可以吃到，但有一個缺點，就是到了冬天的盡頭時，葉片的味道會變得愈來愈苦。達達今天肚子很餓，但就是不甘心去碰黑莓葉。

我們走向森林的邊緣，緊盯著車道另一頭，那裡有一座典型的諾曼第式農莊，旁邊有一片美不勝收的菜園，種滿了胡蘿蔔、馬鈴薯、韭蔥和萵蓬菜。菜園周圍還種了一排美麗的花朵，用來保護農作物不受蟲害。旁邊有一座果園，幾隻諾曼第乳牛正站在蘋果樹下，一面羨慕的望著菜園裡的美食，一面在旁安分的吃草。

夜裡路上行車稀少，但我們依然小心翼翼的穿越車道，因為每年發生車禍的有蹄類動物中，四分之三都是鹿。的確，一到春天，雄鹿就變得更活躍，幼鹿則選擇在這個時候離家，向外征服地盤，入秋以後，到林中狩獵與郊遊的人為活動也經常擾亂鹿的作息，這一切都提高了車禍的比率。

達達跳過了一百二十公分高的矮牆，興高采烈的從潮溼的草地奔向菜園，牠先採了幾朵沾著晶瑩露珠的小花來品嘗，然後挖出幾個塊莖，扯下一株萵蓮菜、幾條四季豆，最後才在黎明時分、農人起床之前回到森林。再過不久，屋主和家犬將發現我們夜遊留下來的殘局。不過再怎麼說，這點損失實在不算什麼。碰上飢餓，大家都應該學習分享，這就是鄉村生活。何況，和野豬比起來，我們已經很手下留情了！

我認識達達才不過幾個月，這個小無賴就已經把我帶壞了！不過老實說，我自己的確也餓慌了。

開始到森林裡生活的時候，我還三不五時會回到文明社會，每個月回家養精蓄銳兩、三次。冰箱裡的加工食品依然讓我胃口大開，但我發現這些食物愈來愈難以消化。我已經習慣了森林的苦澀飲食，此時面對有甜有鹹的超市食品，感覺對比特別強烈。現在，當我吃白乳酪[15]的時候，居然會聞到一股蘑菇味，吃加工製造的麵包時，會覺得咬起來很困難，連水煮蛋的味道都開始讓我感到噁心。

剛開始，我會趁回家時拿走一些罐頭食品作為緊急補給品，我也會趁機把相機電池充好，因為森林裡的日照很微弱，我的太陽能充電器完全用不上。然後我會沖一個很熱很熱的熱水澡，再回到小時候的床上睡幾個小時，最後才在天亮之前離開。

我盡量避免碰上我的父母，他們不能接受我的綠林人生，而且每次看

15 白乳酪：包裝、口味和質地都和優格很接近。

到我總免不了要念叨幾句。對了，我要不要洗衣服呢？還是別了吧！我不想把人味帶進森林，人世間的氣息容易讓我那群鹿朋友感到不安。而且說到衛生問題，我發現森林裡的條件並不差。這一點，我以後還會講到。

達達和別的鹿都能精準挑選食物，牠們的這種能力讓我讚歎極了。達達的嘴唇活動度很大，舌頭又細又長，一下子就能把各種花草摘下來。其實對於草食性動物來說，林地銀蓮花、藍鈴花等植物都含有毒素，但對達達似乎起不了作用。因為達達的唾液腺——尤其是腮腺——能分泌破壞毒性的蛋白質。為了飲食均衡，達達每天都需要吸收大量的單寧[16]，而單寧雖然有毒，卻對牠完全沒有影響。其實，選擇食物的這一堂課，牠早在出生第一個月就上過了。因為母鹿會在子女還小的時候，把牠們帶到覓食的地區，讓幼鹿一邊模仿，一邊品嘗各種有毒植物，但是每種只吃一丁點。如今，達達非常懂得如何精挑細選食物，再加上牠的嗅覺極度靈敏，所以覓食的時候根本不必把植物放進嘴裡嘗一下，就知道自己需不需要。

為了避免被草食動物吃掉，植物會分泌出有毒物質，但鹿的肝臟是所有反芻動物當中最發達的，能化解各種毒素。碳水化合物進到鹿的瘤胃以後，能在不破壞的情況下立刻吸收，鹿就是因為有了這種特殊消化機制，所以不需要膽囊。

鹿所愛的美食除了人工種植、施肥的樹木以外，也包括觀賞樹、石楠花、菸草葉或是新品種的玫瑰；反正只要是森林裡不常見到的植物，都能引來牠們的好奇心。其實，糖、鹽和苦味都是我這群同伴最無法抗拒的滋味，基本上只要是口味重的食物，牠們都愛，營養豐富的木本與半木本植物也特別討牠們的歡心。同一種植物，無論是在苗圃裡培養出來的，還是天然發芽的植株，牠們一看到就能馬上分辨出來。

黑莓樹叢、常春藤、帚石楠、覆盆子、山楂和所有夏季樹木的嫩葉都含有豐富的營養，適合作為鹿的食物，但是這些植物不能長得太高，因為

16 單寧：一種天然的酚類物質，存在自然界的許多植物中。

鹿的體型嬌小，如果超過一百二十公分，牠們就只好放棄，把美食拱手讓給更高大的赤鹿。除此之外，前一年遭到砍伐的樹幹，常常會在第二年春天從根部長出新枝，也是牠們喜愛的好料。其實森林裡面生長的植物，比如黑莓葉、橡樹葉、相思樹葉、甜櫻桃樹葉、黑刺李樹葉等，大部分吃起來不是又苦又澀，就是一點味道都沒有。

我們在矮樹林裡一待就是一整天，等到日落以後才出來，各自前往林中空地[17]、草地、田野或林間小徑。忍耐了一整天，終於能大膽走出用來躲避的樹叢向外尋找食物，讓大家都感到非常喜悅。我們盡情享受車前草、野生酸模葉、蒲公英等各種食物，有的鮮美多汁，有的甜、有的鹹、有的辛辣，有的還帶有澱粉質。天氣變涼以後，食物來源也跟著減少，大部分的主食就只限於黑莓樹叢了。對於鹿來說，牠們並不是「在森林生存」，而是「靠森林生存」，說起來好像沒什麼不一樣，但意義差遠了。

在演化過程中，鹿為了適應森林的飲食限制曾經發生多次演變。牠們最早的遠祖出現在兩千五百萬年前，這位祖先的上頜獠牙非常發達。後來由於氣候變化，大型果樹逐漸消失，鹿也在二十萬年前的更新世中期[18]演化成現今的模樣。古生物學家分析牠們的腕骨結構，估計現代鹿出現的時間比赤鹿和黇鹿[19]還要早很多。

平常，鹿會在樹下與灌木叢中，以類似採集的方式尋找食物。與牠們正好相反的是，其他鹿科動物都大量食用營養價值低的草類。我認為我的這些同伴是一群「美食採集家」，牠們只挑營養價值高的食物、選擇植物最精華的部分，喜愛的食物種類也很多，除了新生的樹葉、嫩芽、嫩葉、漿果之外，還包括各種果實。牠們在飲食過程中不知不覺參與了生態循環，比如花楸的種子就必須通過鹿的消化系統，依賴這一條必經的通道才

17 林中空地：指的是森林裡某些沒有樹木的區域，抬頭可以看到天空。森林裡面多半陰暗、缺乏日照，林中空地是少數可見天日的地點。

18 更新世中期：為地質時代中新生代第四紀的早期。

19 黇鹿：也屬於鹿科的動物，身上有斑點，體型大小介於赤鹿和麆鹿之間。

能夠散播發芽。鹿平常很少吃草，因為青草的養分不高，要想生存不能只靠它。

鹿的上頜門牙在演化過程中逐漸演變成一小塊軟骨，閉上嘴巴時，下頜的牙齒直接咬合在軟骨上。牠們不像齧齒動物一樣用前牙咬斷食物，而是直接把木本植物的莖葉深深塞進口中，用口腔後方的臼齒來咀嚼。一般來說，住在森林裡的鹿即使老了，門牙狀況還是不錯，不像平地鹿的牙口一樣經常有損耗，因為森林中的食物無論是品質、數量，或是莖葉的柔軟度，都比平地好得多。

鹿的胃部由瘤胃、蜂巢胃、瓣胃和皺胃所組成，體積很小（總共約五公升），所以不得不經常進食，每天用餐十到十五次。達達每次吃飽以後，都會找一個隱蔽的地方安心反芻，如果牠覺得四周夠安全，也可能會選擇待在空曠的地方。我從牠的表情可以感覺到，對牠來說，反芻是放鬆身心的時刻。但牠不會完全放鬆警戒，經常用兩隻耳朵傾聽四下的聲音，並不忘用鼻孔分析身旁最細微的氣味。

達達睡著了：鹿看起來像是一種很容易緊張的動物，其實牠們天生安然自在。有一次，我正坐在一條繁忙小徑旁邊的黑莓樹叢下，突然聽到灌木叢中發出一陣鼾聲。探頭一看，發現打鼾的原來是達達，牠不顧小徑上來來往往的行人，睡得正香甜呢！

鹿需要經常進食，用餐的時間可能是白天也可能在夜晚，牠們需要在安靜的環境下反芻，如果赤鹿群、野豬群或是人類經過，都會擾亂到牠們的作息，直接影響到進食的時間。這些不識時務的干擾常常會讓牠們變得相當緊張，如果太常受到打擾，鹿就可能會變得膽小怕事，一聽到任何聲響就會驚跳起來，有時甚至到了「神經崩潰」的地步。經驗豐富的鹿會學著盡量避人耳目，如果牠們常在清晨或黃昏時分被打擾，那麼就會重新調整作息，比如盡量安排在白天吃東西，避免在需要安靜的時候有人攪局。

我們回到森林裡，休息了足足一個小時才一起穿過一片重新栽種的林地。這片樹林有著筆直的界線、景色單調，一棵棵植株都還是小樹。林務業者經常種植橡樹、栲樹、甜櫻桃樹等樹種，我的小達達對這類樹木十分感興趣。如今正好是植物發芽的季節，牠一看到嫩芽就樂瘋了。我們就像是走進糖果屋的小孩一樣，眼前看到的，全是一顆比一顆更令人垂涎欲滴的糖果。

達達有時候會採食枝梢的頂芽，其實頂芽不見得比側芽更美味，但牠這種做法就像在修剪樹木一樣，上上下下到處都應該修一修。別忘了，小樹不可能一輩子都是小樹，總有長大的一天，所以我們必須未雨綢繆，經常修剪才能長保食物來源不斷。的確，鹿就像是森林的園丁，長年維護森林的植被。牠們雖然咬掉嫩枝上的新芽，但這麼做不但不會讓植株死亡，反而能調節樹木的生長，否則樹幹會不斷長出分枝，變得太過濃密。

林務業者總是從經濟效益的角度看事情，他們一見到鹿咬過的植株，就認為這些樹等於死了一樣。但是大自然並沒有這麼脆弱，每一個物種都懂得如何自我調適、如何應對外界的刺激。生命力總是能找到一條出路，我們應該信任大自然。

林地中央種了歐松與雲杉，雖然也可以當成食物，但達達連看都懶得看一眼。但是如果今年冬天碰上饑荒，這些樹還是能讓我們填飽肚子。

我們慢慢遠離種植小樹的林地，走進另一片錯落生長著歐鼠李與樺樹的森林。我們在這裡吃了一頓植物大餐後，開始四處尋找能夠好好反芻的地方，結果不知不覺就走進了哈利的地盤。

哈利是一隻強壯有力的雄鹿，牠和小斑一樣，一到劃地盤的季節就特別不好惹。我看著天真無邪的達達，不禁替牠擔心了起來。不過走在牠身後，我愈觀察，愈覺得牠的步伐歪歪斜斜的。一路上牠變得怪怪的，行動起來笨手笨腳，不但發出各種聲響，還無緣無故跟自己咕噥了好幾句，而且居然大膽的在哈利的地盤上吼叫起來。達達這樣亂搞亂叫，不一會兒就把哈利引了過來。哈利長得高頭大馬，全身肌肉發達，而且頭上的鹿角也很威武，讓人一看就退避三舍。但達達見到我們這一帶最勇猛、地盤心最重的雄鹿，居然一點都不退縮，牠拖著吊兒郎當的步伐，信心十足的前進，沒事還在原地愉快的蹦跳了幾下，連哈利都看傻眼了。

哈利一想不對，突然朝著達達狂吼了一聲，達達一怔，楞頭楞腦的瞪了哈利一眼，好像在對牠說：「欸，你哪根筋不對啊，嚇了我一大跳！」達達胡鬧個不停，而哈利被牠弄得心神不寧、火冒三丈，忽然朝達達衝了過去，牠先在達達眼前幾公分處停下來，然後稍微後退一步，直接就往達達側腹撞了過去。達達跌坐在地上，可憐兮兮的哼了幾聲，但不一會兒又像沒事了一樣站起來。牠這麼一搞，林中猛將哈利反而嚇到了，牠一面退後一面不甘心的大吼大叫。達達走過來躲在我的背後，害我也緊張了起來，如果哈利又打算撞過來的話，我可不想夾在牠們兩個之間。

好在，哈利雖然叫個不停，但最後終於怒氣沖沖的離開了，牠晚上一定還會回來重新劃地盤。我們兄弟倆則一起走向達達的生存區域[20]。

達達看起來還有點傻乎乎的，牠走著走著突然就在一棵樹下站住，往樹幹上一靠，呆呆望著我就不動了。我知道牠沒有其他選擇了，只能靜靜等待、度過這個狀況。

究竟發生了什麼事呢？原來這一切都是因為達達醉了！達達怎麼會醉呢？原來，植物細胞裡面含有生物鹼、皂素和多酚等物質，這些物質的濃

20「生存區域」、「地盤」、「活動區」三個詞的意思不同，「生存區域」最大，是每一隻鹿尋找食物與安全的廣大區域。生存區域當中有一小塊地是雄鹿獨占的領域，叫做「地盤」或「領地」。雌鹿也有自己的領域，叫做「活動區」，概念和雄鹿的地盤很接近。

度一到秋天就會自動增加，它們的作用有點類似防凍劑，能幫植物抵抗寒冷，讓新芽不結凍。小鹿吃了新芽以後，就像人類喝了烈酒一樣。有時候在森林裡，我們會看到某些動物搖搖擺擺的走動，場面滑稽逗趣，就是因為牠們都醉了啊！

幾年前，厄爾省的布德乎德—安斐小城[21]附近就出現了一隻醉酒小鹿，不知道為什麼，牠居然跑到一家飯店的廚房裡面、躲在桌子底下不肯出來，飯店裡一群人忙了半天，好不容易才把牠請回森林裡。

不過，植物裡所含的防凍物濃度不一，有些多有些少，一般的鹿不見得會碰上，只有最嘴饞的小鹿才會中獎。

21 布德乎德—安斐小城：Bourgtheroulde-Infreville。

7

有一天早上，一種不知名的喜悅湧上了我的心頭。我現在愈來愈馴服於達達[22]，牠甚至常來到我的腳邊聞聞我的鞋子。不過達達很仔細觀察我的行為，對我依舊保持警覺。當牠靠近我的時候，注意力最常集中在我的雙手，可能是怕我用手抓牠。所以我總是把兩隻手臂緊貼著身體，手掌反轉讓牠聞，盡量讓牠安心、讓牠看到我總是一動也不動，甚至從不伸手撫摸牠。不過天知道我多想摸摸牠！

22 這裡再強調一次，不是作者主動去「馴服」野生動物，而是想辦法讓自己被達達馴服。

我們走進了一片松林，這裡是小斑的地盤。不知道達達是不是故意的，我覺得牠似乎有意闖進他人的地盤。這個時候正是清晨，但早晨的陽光還沒穿透雲層，四周仍然一片昏暗。忽然間，我們隱約聽到窸窸窣窣的聲音，彷彿有人在耳語。聽覺超強的達達馬上尋找聲音來源，我們也小心翼翼的前進。達達滿心疑惑的嗅著空氣，隨時準備見機行事。牠完全不害怕，只是充滿了好奇心。

驀然間，我在黯淡的晨光中辨識出星星，牠正臥在我們面前幾公尺的地面，小斑並不在牠身旁。星星一見到達達便往我們這裡嗅了一下，喘著氣站了起來，接著朝著我們吃力的小跑過來，同時還虛弱的叫了一聲。達達謹慎的往後跳了幾步，我本來想跟我的朋友一起離開，但是又很擔心星星的健康狀況，於是讓達達先走一步，留下來觀察星星。

現在是六月的早晨，但是天氣還很涼。星星看到我，也聞出了我的氣味。幾個星期以來，我漸漸贏得了小斑的信任，不過星星對我的出現依舊感到有些納悶，還是保持著距離。牠是一隻生活經驗豐富的母鹿，雖然我們並沒有很多共同的經歷，但牠對我非常好奇，而我對這隻聰慧的小雌鹿則充滿了敬意。此時，牠沒有發出聲響，在十公尺之外坐下，並花了好幾分鐘緊盯著我，之後才閉上眼小憩。我等了好久，以為牠真的睡著了，但還是決定坐在原地不動。我這麼做畢竟是對的，因為過了一會兒，星星突然張開眼睛朝我這裡看了過來。我知道牠是在試探我，看我是不是以為牠睡著了就敢大膽靠近。所以說啊！如果想和鹿交往，就別以為自己比牠聰明，你是永遠贏不過牠的。幾分鐘過去了，我發現星星開始放鬆，對我更加信任。

我就這樣等了好長一段時間。星星變得愈來愈虛弱，牠吃力的站起來，全身抖個不停，就像是一座隨時都可能倒塌的紙牌塔，牠往前邁出一步便停了下來。我全心祈求，只希望牠平安無事。這個時候，我忽然看到星星下身流出了一條細長的液體，口中發出微弱的呻吟，我可以感受到牠正用全身的力量忍受疼痛。我往旁邊走幾步觀察牠的尾部，這才明白發生了什麼事——星星正在分娩！一場美妙的生命禮讚正在眼前譜寫，牠的疼痛其實是生產的陣痛，而我正親眼目睹小鹿的誕生，不過臨盆的過程顯然有些困難。小斑之所以離開現場，可能是星星趕走的，因為母鹿懷胎將近足月的時候，通常不願意讓雄鹿靠近。

忽然間，我看見兩隻顫抖的小鹿腿直挺挺的穿破胎盤，凌空懸在母鹿身軀下方。我欣喜若狂，高興到想幫忙接生！但是理智告訴我：不要有任何行動，應該讓牠和寶寶單獨享受珍貴的親子時光。星星實在很勇敢，我真想替牠分擔痛苦，牠一面呻吟，一面使出最大的力氣將寶寶往外推。第一次陣痛結束了，但寶寶完全沒有動靜；第二次陣痛還是沒有動靜，於是星星繼續竭盡全力的推。過了一會兒，陣痛再次出現了，一次、兩次，突然，小鹿一下子滑出了體外，「砰」一聲跌在地上！

小寶寶，歡迎你來到地球。

我打從內心深處感受到強烈的喜悅，彷彿小鹿是我自己生出來的。我也深以星星為傲，牠沒得到任何協助、獨自面對痛苦，克服了生命的挑戰。第一隻小鹿生出來以後，我又等了一會兒，以為牠會生出第二隻，但最後發現牠只懷了一胎，獨生的寶寶是一隻小雄鹿，我把牠命名為小威。

星星花了一點時間平復情緒，然後開始從容的照顧小鹿。小威身上還溼溼的，全身抖個不停，星星一點一點把牠舔乾，開始和寶寶建立母子之情，然後把黏在小鹿身上的胎盤一口一口吃掉，如果不這麼做，而狐狸或其他掠食動物發現了胎盤，不但可能危害還不會走路的寶寶，對於產後還很虛弱的母鹿也是一大威脅。小威終於被媽媽梳洗好了，我仔細觀察這個小蘿蔔頭，在媽媽舔完之後，牠全身的毛都亂七八糟的。

一個小時之後，小威已經像個大孩子一樣試著站起來，但是沒有成功；第二次只站穩了幾秒鐘，但又跌倒在地；牠接著又試了第三次，才剛邁出三步卻又被青草絆倒。其實生產過程也讓小鹿累壞了，牠累得臥倒在地，依偎在溫柔的媽媽身旁。

休息了一會兒，小威比剛才更有信心的站了起來，轉向母鹿腹部的四個乳頭，貪心的拽起一個乳頭吸奶。寶寶出生後，鹿媽媽通常會連續哺乳五個月。星星看起來累極了，但還是把小鹿從頭到尾重新舔拭了一次，並用舌頭在寶寶的小鼻子上溫柔的點了一下，然後轉過頭向我這裡望過來。經歷了生產的疲勞，星星早就忘記了我的存在，這個時候又看到我，牠似乎很驚訝，盯著我瞧了很久。於是我慢慢轉身，小心翼翼的離開了現場，回頭去找達達，任由星星看著我遠離。

我真是樂壞了，還無法平息心中的激盪。我知道接下來幾週，星星會把小威藏在安全的灌木叢裡面撫養。等到牠有足夠的體力，就能跟著媽媽到處走動。不過，我現在不能去干擾牠，儘管星星很了解我，但如果小鹿沾上我的味道，很難想像星星會有什麼反應。還是別冒這個險，別去擾亂人家吧！我身旁已經有達達、小飛幾個朋友，再說，憑著我和小斑的交情，也許不久之後我又能見到星星身後又蹦又跳的小威寶寶了。

對母鹿來說，生產並不是什麼愉快的事情。牠們通常一次懷兩胎，但兩個胎兒不見得會同時出生，有時候甚至可能相隔好幾個小時。如果難產，母鹿就有可能因為筋疲力竭而死亡。母鹿一死，兩隻小鹿也無法存活，因為牠們吃不到母奶，出生幾個小時便會餓死，一下子就失去三條命，實在很悲慘。不幸的是，母鹿的天性是把剛生下的小鹿藏在不同地方，所以最早出生的小鹿危險重重，牠不但有可能遇到天敵，也可能在媽媽還沒有回來之前就凍死。小鹿能不能存活，取決於最初六個月。一般來說，不論雌雄，鹿寶寶出生後第一個月的死亡率最高，但人類對這類現象的知識很有限。

兩歲以下的母鹿因為體格還沒有完全成熟，體重不到二十公斤，很少發情，所以難得有懷孕生產的例子。星星之所以只生了一胎，就是因為牠年紀很輕，而且體重估計只有二十公斤左右。我觀察了多隻母鹿，發現胎兒的數量和媽媽的體重有密切關係，也就是說，體型愈小的母鹿所懷的胎兒也愈少。離我們不遠的地方有一座里永思森林[23]，那裡的食物來源豐富，前一陣子我在那裡遇見了一隻生了三胞胎的母鹿，牠的體重就將近三十公斤。

為什麼母鹿的體重和鹿寶寶的數量有關呢？這是因為在沒有天敵的環境中，物種會進行自我調節。換句話說，胎兒數量與小鹿誕生時可獲取的食物資源之間有直接的關聯。比較沒有母性的母鹿——比如我下面很快就會提到的曼妞——往往一個胎兒都保不住，而全心付出的母鹿會強悍的爭取生活品質較好的地盤，為小鹿提供營養的食物來源，若母鹿的奶水格外滋養，子女也就長得特別強壯。鹿的本性難改，所以同樣的故事年復一年不斷上演，日積月累之後，這些特質就可能會影響到一整個族群的延續。

小威來到世間後，最初幾天和其他小鹿一樣生活在濃密的灌木叢裡，鹿媽媽隨時都會確定寶寶安全無虞、不斷茁壯。第一週的餵養能決定小鹿未來的體格，過了這段關鍵時刻，牠們就能走出庇護的灌木叢，母鹿到哪裡，牠們也機靈的跟到哪裡。

星星和其他母鹿一樣無微不至的呵護新生兒，如果遇上毒蛇，母鹿會毫不猶豫的上前踢開，碰到狐狸也會馬上出面驅趕。假如面對極端的情況，比如碰上獵人，甚至會奮不顧身的擋在小鹿面前，讓獵槍對準自己。

儘管媽媽用盡心力保護孩子，但是到了夏初時，幼鹿還是有可能死於天敵的爪下。入冬以後也一樣，如果積雪太厚減緩小鹿的行動，牠們也會比成年鹿面臨更多的危險。

小威出生後的第一週，星星每次需要外出尋找食物時，都會先把牠藏在安全地帶，還會用尖銳短促的嘶鳴聲叮嚀兒子，要牠乖乖在家裡等媽媽回來。通常星星會外出好幾個小時，好在寶寶身上布滿了具有偽裝效果的白色胎斑，能起到絕佳的保護作用。出生之後幾週或到七月份以後，胎斑會開始淡化，到了八月就會幾乎完全消失。九月底以後，厚重的冬毛會逐漸取代幼鹿身上的胎毛，看起來就和成年鹿一樣了，喉部也會長出一塊明顯的白斑。

我繼續跟著達達度過白天的時光，但是腦中一直想著初生寶寶幼小脆

---

23 里永思森林：Lyons-la-Forêt。

弱的模樣（牠是我唯一一次親眼目睹其誕生的小鹿），而且此時此刻，牠正在離我不遠的地方。剛才的種種情景不斷出現在我的眼前，我真氣自己沒有把相機帶在身上，沒能捕捉到誕生的情景，讓它成為永恆，我連星星這段時期的相片都沒有。我一個人東想西想，最後終於跟丟達達了。牠走在前面，並沒有停下來等我。

暴風雨即將到來，不過看來不至於太猛烈。我決定到松林裡面躲避一會兒，在這裡風雨比較打不進來。我找了一個地方坐下來。一個小時後，還不知道自己當了爸爸的小斑從旁邊經過，於是我站起來跟在牠身後，牠似乎也不反對。老實說，和小斑交往並不容易，我們在森林裡已經當了好幾年的鄰居，牠明明知道我不會傷害牠，但是每次走在牠身後，我還是覺得牠的腦袋雖然可以接受我、容忍我出現在身旁，但全身還是十分不自在。小斑因為身心自相矛盾，所以動作顯得特別奇怪。走在牠身後，我總覺得牠的前蹄服從頭腦，想要輕鬆自在的正常前進，但後半身卻急著想要往前衝。所以我盡量把距離拉長，避免讓牠覺得不安。遇到這種情況時千萬不能強求，我只能讓對方來主導。我開口和小斑說話，告訴牠我多麼想撫摸牠，和牠一起分享生命中這麼重要的時刻。我相信我的語調能安撫牠，幫助牠接受我，我一直等牠劃完地盤以後才和牠告別。

接下來，我得在下雨之前安排一下自己的夜晚時光，我折下幾株樅樹的枝葉鋪成床墊，準備小憩一會兒。今天情緒經歷了這麼大的起伏，確實該好好平復一下。夏天到了，好好享受吧！

8

夏天已經過了一大半。達達愈來愈信任我，讓我榮幸極了。今天是個熱天，太陽高照在蔚藍的晴空中，不過早晨的溼氣還是很重，所以達達決定到林中一片高草地上取暖。我把這片空地叫做「狐狸地」，因為我十四歲時在這裡拍攝到生平第一張母鹿的照片，幾個星期後，原本期望在同一個地點再次見到牠，但沒想到有一隻棕狐正好在附近的洞穴定居，大大降低野鹿前來漫步的興致。當時正是春末，如果這隻母鹿已經懷孕，那就更不可能冒險靠近這片有狐狸的草地了。

達達正在啃禾草，我也趁機前往蘋果樹區。這幾株果樹的樹齡還小，樹幹用木樁和鐵絲網圍起來保護著。我剛好可以「借用」一下獵人放在樹下的西瓜和哈密瓜，雖然這些好東西的收件人不是我，但我相信野豬不會因為有人摸走了貢品就跟我過不去，反正牠們已經夠胖了。

我吃了一肚子的水果，決定在林地裡找個地方躺下。這時候，達達帶著滿足與信任的眼神走過來依偎在我身旁，讓我感到很意外。牠把頭窩在膝蓋下方，全身蜷了起來、閉上眼睛緊貼著我，牠的體溫傳到我的大腿上，我真想伸手撫摸牠的皮毛，但又怕牠不樂意，再也不願意靠近我。休息了一會兒，達達抬起頭來看我，還打了一個呵欠，最後乾脆把頭擱在我的大腿側邊。我的手原本就放在腿上，這麼一來正好被達達壓住了，於是我趁機用大拇指輕撫牠的面頰，發現牠似乎還滿喜歡的。接著，我輕輕把手抽出來放在牠的背上，撫摸牠並觀察牠的反應。達達閉著雙眼、全身放鬆，但是肌肉偶爾有一絲顫動，我知道牠從來不曾被人類撫摸過，這種反應很正常。我輕撫著達達，牠的肌肉開始慢慢放鬆，最後終於平靜的睡著了。過了一會兒，牠突然哎哎叫了幾聲，而後又咕噥了一下子，還時不時輕輕踢了踢腿，我猜牠正在作夢。牠就這樣趴在我的腿上，我感覺到牠的

身體愈來愈重，看來達達睡得頂香的。

通常，大家認為鹿並不是喜歡肢體接觸的動物，其實鹿不時會和朋友互相理毛，而且牠們常常有表達情感的行為且不分季節。更不用說到了發情期，雄鹿為了追求美人的芳心，會更常用身體觸碰對方。總而言之，我的朋友似乎很喜歡我的撫摸，我高興都來不及了！

我們繼續享受早晨平靜的時光。草原上到處都是花朵，蜜蜂在頭頂上方盤旋，忙碌的在花間覓食，除了牠們的嗡嗡聲之外，四下一片寧靜，再也沒有別的聲響。我抬起頭來眺望地平線，平常住在森林裡，視線再遠也難得超過二、三十公尺，我正好趁機讓目光「透透氣」。

突然間，我看見遠處有行人正朝著我們的方向前進。一開始我並不擔心，因為他們走在健行小徑上，而我們隱密的躲在高草叢中。但是沒一會兒，我發現他們選擇從草原抄近路，正朝著我們這裡走過來。達達睡得正甜，而行人已經很接近我們了。這對男女年紀大約五十歲，兩個人沒有說話，靜靜的拄著登山杖、邁著穩健的步伐。我已經準備好了！雖然達達還

小威：鹿屬於蹄行動物，蹄子和剃刀一樣銳利。有一次小威和我撒嬌，踩在我的鞋子上想搆到我的臉，結果蹄子劃破了我的鞋子、割傷了我的腳。

沒有醒，但是只要牠一聞到可疑的味道，或是一聽到有人經過而睜開眼睛，我就會馬上起身。但是沒有，牠依舊酣睡如泥，一點反應也沒有！兩名健行者走到我的面前並道了一聲「你好」，我也回應了一聲，他們微笑了一下就遠離了。我真不敢相信！有一隻鹿正一動也不動的貼著我、窩在我的腿上讓我撫摸，路過的行人一定以為達達是我的狗。真是太令人難以，置，信，了！

十五分鐘以後，我的「睡王子」神清氣爽的醒了過來。牠環顧四周，舔一下自己的鼻頭、聞一聞周圍的空氣，接著站起來伸了一個大懶腰，然後噴了一口鼻息、低頭舔了舔身上的毛，好像什麼事都沒發生過。的確，對牠來說什麼事都沒發生。我知道牠完全信任我，趁我在身邊的時候放鬆心情，把一切都丟到腦後不管，好好的睡了一覺。牠放鬆警覺，把自己託付給我這位朋友，暫時放下了「生存」這個重擔。

我的朋友，能守護你是我的榮幸。

9

達達和我離開林中的空地，一起走進樹叢中。我不想讓達達跟著，於是趁牠在林地邊緣採食黑莓的時候，躡手躡腳的走向小斑的地盤。為了避免達達和小斑產生誤會，我總是想盡辦法不讓牠們碰面。事情正如我所願，我在一條小徑的拐彎處遇見星星，而小威跟在媽媽身後。一看到牠，我就忍不住告訴自己：現在是讓小幼鹿來馴服我的好機會。

三個月大的小威已經斷奶了，直到冬天結束以前，牠都會跟在媽媽身邊學習。看到牠這麼健康我就放心了，強健的體格是很重要的生存條件，在野外這種險惡的環境當中，很多小鹿出生後都活不過一年。

森林裡充斥著各式各樣的危險，比如體內寄生蟲（血管圓線蟲、肝吸蟲等）、體外寄生蟲（犬毛囊蟲、鹿蝨蠅和罕見的鹿科牛蠅），連溼冷的氣候都可能危害到幼鹿的健康，甚至死亡。每次看到牠們的小屍體，我都非常傷心，但另一方面，我認為這是物種自我調節的機制，如果順其自然、完全不去干涉，大自然就會用這種方法來維持森林的平衡。

我見到小威好幾次，但都沒有靠近牠，因為這樣做太危險了，如果牠弄混了我和媽媽的氣味，星星就有可能拋棄牠。不過我覺得被小威馴服會是一大樂事，牠的媽媽信任我，爸爸也跟我很熟，小鹿對於這個世界還沒有任何成見，應該不介意我親近。

我啊，實在太天真了！

我靠近信任我的星星，牠並不反對。小威平靜的坐在媽媽身旁不遠的地方，觀察身邊的動靜，覺得一切都好玩極了，我相信這是因為牠完全信任媽媽的緣故。我慢慢靠近小威，在離牠幾公尺的前方坐下。小威目不轉睛的盯著我，豎直的兩隻耳朵也正對著我，牠偷偷瞥了媽媽幾眼、觀察牠的反應，但是星星沒有出聲，甚至連看都不看我們一眼。小威有兩隻超級

林地的銀蓮花香：對於一般草食動物來說，林地銀蓮花含有劇毒，但鹿卻能在春天大量享用這種花朵，這是因為牠們沒有膽囊，花中的毒性不但對牠們起不了作用，反而能幫牠們預防某些疾病。

敏銳的大耳朵，可以分別向四周不同方向轉動、尋找可疑的聲響，並維持高度警覺，一有狀況就準備好立刻行動。以後牠慢慢長大，還會學習如何分辨危險與不危險的聲音。當牠聽到森林經常出現的聲響，如曳引機或伐木電鋸的尖銳噪音，就會把它們歸類為「無害」的聲音，但如果安靜的環境突然發出小枝葉劈啪的碎裂聲，牠就會馬上進入最高警覺狀態。

小威嗅一嗅空中的氣味，忽然害怕了起來，一下子便衝到媽媽身旁。牠尾部的白毛直豎，顯示著內心突然產生的不安。的確，在緊急情況下，鹿圍繞尾部的皮下肌肉會收縮、白毛會豎直，形成一塊雪白無瑕的警告訊號，如果碰上掠食的天敵，全家大小就會一起逃跑。這麼一來，跟在後面的野獸只會看到一片漂亮的白斑進入森林，等到鹿一轉彎，就再也看不見白斑了！真是分散注意力的絕招！牠們身上的氣味腺也會在空氣中散發出警告物質，通知附近其他隻鹿：「小心，發生危險的緊急狀況了！」

我在距離小威較遠的地方走動，只見牠到處亂跑亂跳。而星星則不時回過頭看看發生了什麼事，為什麼吵吵鬧鬧的，牠朝我們這裡望過來，然後繼續往前走。小威跑過去黏著媽媽的大腿，一副火燒屁股的樣子，可憐兮兮的哼叫著，牠望著媽媽的目光似乎在說：「那個龐大的怪東西一直跟在我們後面，妳都沒看到嗎？」星星雖然對緊張兮兮的兒子不以為意（牠知道我不危險），但小威實在太焦慮了，把媽媽也搞得心神不寧。我發現小威出自本能會害怕人類，也害怕野豬等動物，甚至松鼠都怕，就連自己的媽媽也無法改變牠的想法，也許牠還需要一些時間才會明白我完全沒有傷害牠的意思。

我待在星星身旁，早已不打算靠近小威（不知道牠跑到哪裡去了），但突然又看到小威像箭一樣從旁邊衝了過去，星星以為兒子的安全受到威脅，想都不想便馬上追了上去。我也沒有一絲停留，在星星後面追趕著，但是我們才剛靠近小威，牠又一溜煙逃走了，星星繼續跟在兒子身後飛奔，我也追在牠們後面。但我真不懂，四周明明很平靜，根本沒有任何危險！這場你追我趕的遊戲持續了好久好久，我們愈跑，就讓小威愈緊張，也讓星星愈擔心，空氣中充滿了緊張的氣氛。

最後，我決定暫時離開，讓小鹿自己去跑一跑，緩解一下緊繃的氣氛。過了一下子，小威終於停下腳步，等媽媽靠近牠以後，情緒才平靜下來。我不再堅持跟在牠們身後，而是任由牠們離開。我不想讓小威白費體力，也不希望牠對我有所成見，否則牠們再也不會讓我跟在身邊一起生活了。

從這件事當中，我意識到小鹿雖然年幼，但信任母親的時間很短，只有幾個星期而已。牠們的年紀愈大，就愈有自己的想法，也愈有自己的主見。小威不單只是模仿媽媽，更懂得憑本能學習傾聽與觀察。牠明明知道星星信任我，但卻不明白為什麼，所以會感到害怕。年紀大一點的鹿懂得分析我的姿勢與動作，但小威不會，因為牠到現在還沒有機會和其他人類打交道，無法和其他來到森林運動、散步的人，或是獵人和伐木工進行比較。牠完全依賴原始求生本能，再加上情緒太激動，所以一看到我就逃。牠實在太怕生了，所以我暫時不急著和牠做朋友。或許有一天，小威也會像牠的父母一樣接受我。那就以後再說吧！

10

秋意降臨在森林裡，把樹葉染成各式各樣的顏色，大自然的調色盤五彩繽紛，從淡黃到深紅色應有盡有。每到秋天，我總是喜歡回味一個古老的印第安傳說。這個故事來自北美原住民休倫族，他們稱鹿為「德亨楊特」，意思是「彩虹為牠開了一條彩色的路」[24]。

故事是這樣的：

24 源自*Les Hurons-Wendats : Une civilisation méconnue*，作者：Georges E. Sioui（Presse université Laval, 1994）以及Religious Conceptions of the Modern Hurons，刊載於*The Mississippi Valley Historical Review*，作者：William E. Connelley（Oxford University Press, 1922，專為美國歷史學家機構出版）。

鹿一向羨慕生活在天上的小烏龜，因為小烏龜是天空的守護者。鹿一心盼望能離開自己居住的「大島」，進入藍色的天空，於是請雷鳥幫牠出主意、幫牠實現願望。雷鳥建議牠沿著彩虹爬上天空，於是鹿便耐心等待春天的到來。

有一天，雷神希農令天空下了一場雨，雨後空中出現了一道彩虹，鹿便趕緊沿著彩虹大道往上爬，不久終於走進天空，在天上自由自在的奔跑。不過這時候，「大島」上的動物發現鹿不見了，牠們開會討論如何把鹿找回來。狼在森林裡面搜尋、老鷹則在藍天中巡視，大家抬起頭的時候，突然發現鹿正在天上快樂的嬉戲，於是大夥決定一起從彩虹橋登上天，跟鹿會合。

熊一看到鹿，就抱怨牠只想到自己，拋棄了「大島」上的同伴，但是鹿不但不理會牠的批評，反而向熊提出決鬥，說著說著就大打出手。鹿的身手矯健，尖銳的鹿角一下就把熊刺傷。熊受了致命傷，血流如注從空中一直流到「大島」，把島上的樹葉都染成了血紅色。從此以後，為了紀念鹿與熊的這場決鬥，樹葉一到秋天就會變紅。

根據印第安的傳統說法，大自然在秋天開始凋零，美麗的秋景總是讓亡魂念念不忘人間居所。由於秋天是神靈的季節，所以「大島」的諸神也在這個季節回到故鄉，比如天空中最明亮的七姊妹星團[25]，就選在這個時候回到老家，重新出現在「大島」上方的夜空。

此時此刻，秋分已經過了。直到冬至為止，夜晚會一天比一天長。昨晚我用柴火烤了不少栗子，今天在涼爽的清晨享用。我每次都會多烤一些，想吃的時候就會拿來當作零食。不過烤栗子放太久容易腐爛，尤其是這幾天溼氣特別重，一個多星期還沒有消散，所以我得小心不讓柴火熄滅。我把剩下的栗子放在餘燼中烤乾，然後保存在密封袋裡。

25 七姊妹星團：也就是昴宿星團。

要想度過冬天，就必須嚴格遵守幾個基本原則。最重要的，就是無論白天或夜晚，無論在森林的哪一個角落，都要想辦法驅逐寒冷。我唯一知道的做法，就是到處堆放由細枝、雲杉、樹皮和松果組成的枯枝堆，讓我在必要時，隨時隨地都能生火。至於食物，因為我已經很了解林中的地形，所以即使在深冬，也知道如何找到，包括植物根部、塊莖、野生胡蘿蔔等。另外，我還囤積了一些榛果當作蛋白質來源。

雖然我心裡暗自期望不需要回到人類社會，遺憾的是，直到當時，我還是無法與人類世界脫離，偶爾還是會回到家裡——應該說是我父母的家，好好補充一下卡路里，並享受室內的暖氣。不過幾個月以來，每當我踩在平坦的水泥地上時，我總覺得腳下又硬又冷，非常不習慣。

回到家中，我盛了一碗白乳酪，撒上一些玉米片，還加了一大把糖。在等待相機電池充電時，我聞到家裡的各種氣味——冰箱、漂白水、暖氣、地毯、洗好的衣服或髒衣物的味道，還有住在這幢屋裡的人味。離家之前，我把幾包通心粉、幾個鮪魚和油漬沙丁魚罐頭裝進背包裡。有時

霧：冬天並不是最難熬的季節，因為人體會適應寒冷。不過春、秋兩季多雨，必須特別小心身上的衣服。我會把淋溼的衣服脫下來擰乾，然後由內往外吹氣，讓纖維蓬鬆，才能重新隔絕水氣。

候，我還會到商店裡採購兩件必需品——保存食物的密封袋和用來生火的火柴。

我很喜歡在黎明時分漫步、享受日出。不過今天早上太陽罷工，雲層從谷底開始往上堆積，當我從草原這裡眺望小鎮時，幾乎看不見教堂的尖頂。地面的青草新鮮涼爽，牛群不嫌一成不變的口味，還是吃得津津有味。圍欄上拴著帶刺的鐵絲圈，我靠著木樁觀察斑斕的十字園蛛[26]，牠們在鐵絲上織起各式各樣的蜘蛛網，蛛網上的露水就像一串串珍珠。看著世界慢慢甦醒，也讓我的心情感到愉快。

一群小兔子在草地上追逐嬉戲，有時跑在兔媽媽身後，牠們可能已經脫離哺乳期了，但是三、四隻小兔子還是試著把媽媽推倒、撲上去吸奶。一隻獾沿著石子路爬了過來，牠走得氣喘吁吁，邊走邊咕噥。獾天生脾氣就不太好，好像對什麼事情都不滿意。不過我一看到牠就安心了，因為山谷底車子很多，時時刻刻威脅著牠們的生命。每次看到牠們到處閒逛，我總是在心裡暗自期望牠們能活著回來，忙了一個晚上到處獵食，如果第二天一大早就被急著上班的駕駛撞死，豈不是太划不來了！今天早上蒼頭燕雀[27]沒在唱歌，反而對著快下雨的天空發出尖細的叫聲，這麼快樂的小鳥居然會唱出這樣悲哀的曲調，聽了真讓我傷感。不一會兒，連山雀也一起加入，實在太令人沮喪了！

霧氣愈來愈濃，森林邊緣也變得模糊。

我的眼前突然出現了一尾棕狐，我和達達在一起的時候，曾經碰見牠許多次，我幫這隻母狐取名為「小黛」。小黛長得非常俊秀，前胸有一大片雪白豔麗的細毛，與腿部灰暗的毛色形成鮮明的對比。牠行進的時候，尾巴總是與身體形成一直線，高貴俊美，神氣極了。此時，小黛正沿著森

26 十字園蛛：西歐常見的一種蜘蛛，小的只有幾公分，最大的可能超過二十公分，身上有好幾塊白色斑點，構成十字的形狀。

27 蒼頭燕雀：燕雀屬的小型雀鳥，以歌聲美妙而出名。法文有「快樂如蒼頭燕雀」（gai comme un pinson）的說法，就是因為牠們的歌聲聽起來充滿歡樂。

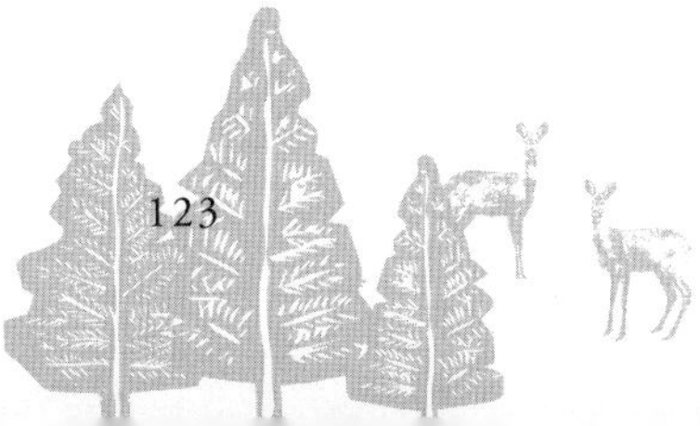

林外圈的柵欄前進，但是走到一半卻停了下來，好像在想些什麼。我一動也不動，不希望牠發現我，只想偷偷觀察牠。

小黛對著空中嗅了幾下，然後低頭穿越草原，走到牛群前面停下來看了看。牛隻的體型巨大，根本不把小小一隻狐狸放在眼裡，連小牛都不怕牠。小黛靠近一頭母牛，而對方卻用後腿輕輕踢了牠一下，只好朝另一隻母牛走了過去。我不知道牠在玩什麼把戲，覺得很好奇。現在牠正朝著一隻坐在地上的母牛前進，那頭母牛睡眼惺忪，並不在意狐狸出現，也沒有要把牠趕走的意思。小黛坐在母牛面前專心觀察，母牛先是傻楞楞的和牠對視了一會兒，不久就覺得意興索然，瞇起眼睛繼續反芻。

等了一會兒，小黛大概覺得時機成熟了，便站起來朝著乳牛前進一步、兩步，然後機靈的往後跳一步。接著，牠再次向前邁出一步、兩步，然後又往後跳躍，就這樣反反覆覆前進又後退了好幾次。牠一邊前前後後跳來跳去，一邊機警的盯著母牛，不過母牛還是一點反應都沒有。過了很久，小黛才悄悄靠近，貼近母牛飽脹的乳頭，然後伸出舌頭舔了舔流出來的乳汁。舔到一半，小黛突然停了下來，膽怯的抬頭望向母牛，不過母牛還是一臉無所謂的樣子。

我將一切都看在眼裡，實在是驚呆了。小黛的示範表演讓我突然頓悟，對嘛！我早該想到喝牛奶這件事！

狐狸喝飽了以後，終於跑離、消失在霧中。

這下輪到我了，我也跟牠一樣摸進牛群當中，試著找一隻願意讓我靠近，且不至於踢我一腳的母牛。找到目標之後，我開始蹲在牠面前擠牛奶。這隻母牛的乳房腫脹，表面布滿了巨大的青筋，我正好幫牠緩解脹奶的痛苦，實在是一舉兩得。啊！喝牛奶的感覺真是太美好了，溫暖的乳汁流進我的口中，又濃稠又油滑，還有一種自然的甜味。我在這群奶牛的陪伴下度過了非常幸福的時刻。

住在森林裡面，「喝」這個基本行為就是一種享受，因為森林裡沒有大量的飲用水，什麼都喝不到。其實補充水分倒也不難，因為我每天早晚所吃的植物都沾了露水，而且葉子大部分都由水分組成，所以進食的時候

有點像是在邊吃邊喝。這也是為什麼鹿不必到水源區，也能吸收到大量水分，每天最多甚至可達到三公升。不過，在人類的消費社會裡，我們從小就養成從杯子或瓶子喝飲料的習慣，一旦沒有機會大口飲用，我們就會覺得渴，甚至感到痛苦。

我平常有兩種止渴方法，第一種是在雨後用襪子過濾雨水。樹木在生長過程中，主幹分叉的部位常常形成天然凹洞，法國當地稱之為「巫婆井」，下雨時裡面會積水。山毛櫸林裡就有很多巫婆井，我把積水過濾後倒進鍋子裡，再生火燒開就可以喝了。

第二種方法就是從我的地盤往西走兩公里半，到一個叫做「狼谷區」的小型引水站。這座引水站提供周圍幾個小鎮自來水，屬於威立雅環境公司，外人很容易就能進入。引水站在室外配備了一個水龍頭，監督人員常來這裡檢查，確保供應的水質純淨，能作為飲用水。經年累月下來，水龍頭已變得很老舊，不過那畢竟是公共水源，我只要鑽過鐵欄杆，就可以裝滿兩瓶冰涼的清水。

今天，我又發現了第三種止渴的好辦法。我裝了一整瓶牛奶，高高興興的回頭去找達達。好的開始是成功的一半，希望一整天都能這麼美好。

故事講到這裡，讀者可能想知道我平常怎麼處理衛生問題。我臉上幾乎不會長鬍子，這是一個很大的優勢。平常梳洗的時候，只要把雙腳、腋下、下體擦乾淨就夠了。那你可能又會問，我花了這麼大的功夫去找飲用水，難道就沒有想辦法解決洗澡的問題嗎？答案是有的。森林裡有一棵人稱「四兄弟」、不尋常的山毛櫸，它可能被砍伐過，後來從中間又長出四株高達四十公尺、均勻對稱的大樹，就像四胞胎一樣。四棵樹中間有一個如大鍋般的凹洞，下雨時常常積滿雨水，正好可以讓我洗個澡。

你可能還想知道我現在看起來是什麼德行。這麼說吧，最初幾個月我被蚊蟲叮咬得傷痕累累，不過時間久了，皮膚表面就變得又硬又厚，不但增強了抵抗寒冷的能力，且再也沒有任何皮膚問題了。至於口腔衛生，因為我不再吃含糖食物，所以也不成問題，平常我會在灰燼裡摻一點水，揉成一小團膏狀物，然後用食指沾取、塗在牙齒上，就算大功告成了。當然，它的味道比不上超市賣的牙膏，不過和森林苦澀的飲食相比，灰燼牙膏實在不算什麼。

11

一個秋天的晚上，我和星星在漫長的黑夜裡結伴同行，一起走了好幾個小時。牠可能把小威留在山毛櫸樹林裡，由小斑和達達作伴，所以星星能單獨行動。為了過冬，小斑和達達最近結盟，過去三天我每天都和牠們在一起。

今天早晨天氣涼爽，矮樹林裡起了一層濃霧，森林裡連一絲微風都沒有，任由幾片秋葉孤零零的掛在枝頭，寧靜的清晨毫無擾亂的聲響。曳引機不久之前才經過開發用的喬木林，把黑莓樹叢的枝葉都壓爛了，所以我們繞來繞去，就是找不到沒有沾到泥巴的食物。地上到處都很溼滑，有好幾次，我都差點跌在車輪留下的痕跡上。這幾天雨下個不停，池塘的水溢了出來，把土地都浸溼了。我們愈往前走，腳步愈深陷在爛泥中。

星星和我走進松樹林裡，這裡的溼氣沒有那麼重，我們在林裡待了一個下午。牠吃了幾片雞油菇，我則把牠咬剩的菇摘下來放進小鍋裡，打算晚上生火煮熟了吃。我身上又溼又冷，真想燒一鍋熱湯，在裡面放幾片老蕁麻葉、黑莓葉和雞油菇，舒舒服服的吃一頓，吃完還可以用柴火把溼透的衣物烘乾。

星星走近一片小斜坡，斜坡下方有一條伐木專用的小徑，把松林和橡木林分隔開來。我很熟這條路，不過我知道星星特別謹慎，穿越小徑前會反覆分析好幾個小時，所以我讓星星先走一步，自己留在原地採收蘑菇。

突然間，地面震動了起來，我從來沒有碰過這種特殊情況，不知道發生了什麼事。難道諾曼第地區居然會有地震，不可能的！

寧靜的森林忽然響起槍聲，我抬頭尋找星星，發現牠爬到小徑上方的山脊，驚慌失措的想要分辨現在的狀況、了解聲音從哪裡發出。地面的震動愈來愈強烈，二十來隻赤鹿亂哄哄的往我這裡衝過來，一隻雌赤鹿與我擦身而過，差點撞上我。慌亂的赤鹿群遠去後，第二陣槍聲又響起，子彈呼嘯一聲從星星身旁擦過。星星開始狂奔，經過我身邊時，還不忘向附近的同伴發出緊急危險訊號：「巴啊！……巴啊！……巴，巴，巴！」牠用盡全力奔跑，我焦急的丟下手邊的鍋子、穿過松林緊追在後。但是這裡的樹木濃密，地上到處都是枯枝，很難一邊盯著星星，一邊往前跑。不過跑了幾秒鐘後，星星就慢了下來，我發現牠的腳跛著，於是氣喘吁吁的追上去檢視牠的傷勢，但一時之間卻找不到傷口。

這個時候，獵人的號角在遠處響了四下，這個數字是獵鹿的代表信號。一大群獵犬正朝著我們這裡前進，引起了森林動物的恐慌。獵犬的脖子上掛了鈴鐺，鈴聲刺耳，很容易辨識。星星再次盡力狂奔，跑了幾百公尺後躲進了一片長滿黑刺李樹、黑莓樹和榛樹的林地，這片樹叢的枝葉緊密交纏，形成難以進入的屏障。我無法穿越樹叢，只能看到星星身在其中。獵犬已經來到我的面前了，牠們看見我一臉凶悍的站在小徑上，馬上調頭離開。但不久之後，跟在後面的一群獵人也即將到來，他們手上牽著獵犬，一路叫喊個不停。

我連忙把背包放在星星經過的小徑入口，因為背包上沾有我的氣味，我暗自期望能騙過獵犬的嗅覺，自己則趕忙躲進另一頭濃密的灌木叢中。不一會兒，好幾名獵人走近了，但他們經過入口時都沒有停下，我的伎倆奏效了！我知道他們一時之間不會馬上回到這裡。不過為了安全起見，我們還是躲了將近一個小時，等到那群人和狗真正遠離了才敢走出來。

天快黑了，我非常擔心星星，不斷去看望牠。可憐的星星……牠坐在我身前幾公尺的地上，胸口受了致命傷，全身抖個不停。我還是沒辦法進入牠的藏身之處，但一直和牠說話，提起我們一同度過的快樂時光。

「我的小星星，謝謝妳，謝謝妳的知識、妳的友情與尊重，謝謝妳的厚愛，我從妳身上得到好多。」

「……」

我盡量用安撫的語調和牠說話，但卻心如刀割。我知道我的朋友胸口

吉米：野豬吉米的體重將近一百公斤，牠是個與眾不同的朋友。有一次，吉米和我為了躲避獵人而不巧困在一起，我們後來就成為朋友了。吉米的伴侶貝貝曾經中彈，少了一條腿，而牠們生的小野豬也幾乎全部遭到獵殺。從那之後，吉米一看到獵人就會二話不說朝他們撞過去。

中彈，傷勢實在太嚴重，就算急救也無望了。牠友善的望著我，稍微抬起頭來。雲層遮住了陽光，森林中的氣味無法傳到牠這裡，幾隻小鳥從牠身旁飛過。我的眼裡噙著淚水，感到無比憤恨，我本以為牠還有很多時間享受生命，現在才明白牠再也不能感受到世間的喜悅。星星對我發出細小的叫聲，聽起來好像在抽泣，牠把頭貼在地面，身上逐漸失去生命力。黃昏的傍晚吹起微風，星星開始感到呼吸困難，牠倒在冰冷潮溼的地面，在灰暗中昏沉過去。

「噢！星星，對不起，我沒能保護妳。請妳原諒我，我真沒用。」

「……」

「我向妳保證，我一定會保護小威，牠現在只有五個月大，我一定會好好照顧牠，讓牠健康長大，然後幫牠找到一塊最好的區域，在上面建立地盤。星星，我向妳保證，我向妳保證。」

星星十分悲傷，周遭萬物也和牠一樣傷心，所有風吹草動都靜止了，霧氣中靈動的光線也突然消失，寒冷的空氣不再發出任何氣味，整個森林沉浸在凝重的氣氛中。

星星感到又疲倦又疼痛，悲哀的情緒就像毒氣一樣在空氣中流散開來。低矮的雲層愈積愈厚，而夕陽的餘光霎時染紅了慘白的十一月天空。我的朋友閉上了雙眼……太陽剛剛落到山後，而我的星星也在這個時候熄滅。牠的光芒將長久閃爍在我的心中，但願也能永遠照耀在「大島」的天空。星星曾勇敢對抗炎夏的熱浪、忍耐寒冬的漫漫長夜，承受各式各樣的困境。我希望來到森林漫步、曾經與鹿偶然相遇的人們都將追念牠，不要忘記牠因為一顆可恨的子彈而喪命，消失在一個美麗的秋日。

這就是野地的生活，我熱愛的大自然既美妙又殘酷，整座森林都可以見證。如果樹木也會哭泣，那麼它們的淚水將聚成小河，流遍整座森林。

我在朋友的屍身前待了好幾分鐘，不過我得把牠從灌木叢裡弄出來，否則獵人還是會回來搜尋。他們知道星星中了彈，遲早會在那群「尋血犬」的幫助下找到牠的蹤跡，不見到屍體絕不罷休。我把我的朋友抱起來，打算把牠埋到一個離現場很遠、沒有人能找到的地方。二十公斤對我來說實在很重，我筋疲力盡，幾乎撐不下去，但一想到星星的屍身有可能淪落到冷藏庫，然後盛在人類的餐盤裡面，就再次鼓起勇氣，加把勁扛著牠前進。牠叫做星星，牠應該得到更尊貴的待遇。

到達選定的地點後，我開始用隨身攜帶的生存小刀刨開地面，試著用雙手把土撥開，但是地表實在太硬了，我無法挖透白堊岩和燧石層，也挖不出夠大的洞，只好把星星放在淺淺的凹洞裡，然後用麻繩和冷杉樹枝繫成兩片柵欄板，傾斜放置後搭成一個頂，建了一座不引人注目的墳墓，最後再把泥土、苔蘚和蕨類植物覆蓋在上面。我在心裡暗自祈禱，希望接下來幾天屍體腐敗的氣味不會被迷路的狗聞到。

下雨了，我渾身溼透，冷得瑟瑟發抖，但我決定要找到小斑、達達和小威。可憐的小威，牠現在是沒有媽媽的孤兒了。牠們三個也在打獵期間逃跑，我找了一整個晚上，終於在清晨時分找到牠們，看到大家都健在真讓我高興。達達和小威安然無恙的坐在地上，站在旁邊的小斑抬起頭來看我。不知是因為我的情緒起伏，還是因為星星的血腥味還留在衣服上，小斑走過來在我身上嗅了幾秒鐘，忽然大叫一聲就跑走了。我忍不住哭了起來，真怕就這樣失去了一位朋友。牠會不會以為是我殺了星星？牠一定也在找星星，但牠永遠也找不回來，因為星星已經不在這個世界上了。達達和小威似乎沒有對我不滿的意思，也不嫌棄我身上開始發出惡臭。雨下個不停，身上的血漬總是乾不了。我把換洗衣物留在背包裡，而背包偏偏埋在一公里以外的地方。我很想出發去找衣物，但又不想把牠們丟在這裡。我應該理智的離開，但就是下不了決心。

小斑幾個小時以後才回來，牠來到我面前盯著我很久，一邊繞著我轉來轉去，一邊聞著我身上的衣服，然後舔一舔我褲子上的血跡。看來牠已經知道了，但我真不明白牠是怎麼懂的。小斑的態度顯示牠了解整個事情的始末，我既悲傷又高興，牠看起來並沒有生我的氣，我們的友情並沒受到影響。我和牠們待在一起一整個上午，無形中把沮喪的情緒傳染給大家。經過反覆思考後，我明白就算不把髒衣服換掉，也無法改變已經發生的事實，於是決定出發去找背包。

雨還沒有完全停下來，我用雨水把身上的衣物洗淨、換上乾衣服，我生起柴火加熱罐頭食物，再用小火烘乾衣物。

太久沒有進食，肚子餓過頭以後，味覺會產生令人驚訝的變化，鹽的鹹味、糖的甜味，還有胡椒的香氣，各式各樣的滋味突然倍增，就像煙火一樣在口中爆炸，以前從未想到加熱的罐頭食物居然這麼有滋味。小斑和小威過來查看燒完的柴火，焦炭還在冒煙，牠們就爭先恐後一口一口吃了起來，木炭能為牠們提供大量的碳元素，大自然中不容易找到，結果這兩個傢伙吃得和我一樣高興。小斑特別饞，還跑去檢查空罐頭，不過只舔到了一點點醬汁。

我們三個在一起度過了一整天，小斑似乎仍然在尋找牠的伴侶，小威則不時低低啜泣，每次都讓我的心揪了起來。小斑不知道用了什麼方法，居然沿著我們前一天的路線往回走，循著星星留下的蹤跡找到我搭建的墳墓，在星星的墳前繞來繞去。小威也認出了媽媽的氣味，開始低聲細語，期望星星能夠回答牠。看到這一切，我感到無限辛酸與內疚，都怪我沒有好好保護星星。

幾個小時後，我們頭也不回的離開。事情看起來算是結束了，但我總覺得心有不甘。接下來的幾天，小斑以強悍的生命力給我上了一課，讓我明白後悔也沒有用。我們應該保留美好的記憶，不要一再追悔。死亡是大自然的家常便飯，如果每次面臨死亡就要停下來哀痛的話，還不如把時間全拿來哭泣算了。生命不往後看，只會往前走。

從這一天起，小斑肩負起撫養小威的責任，比以往更細心照顧兒子。父子倆就這樣一起度過了冬天和春天。

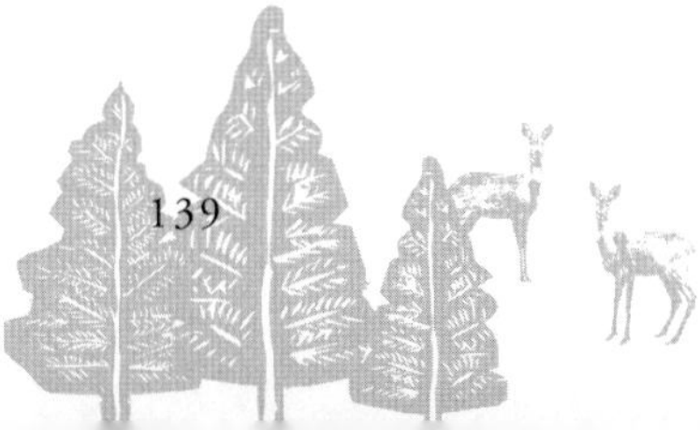

12

我雖明白生命無常，但經歷了喪友的痛苦，還是不願意接受這個事實。我重新思索了自己的生命觀，一想到必須接受森林的現實、忍痛失去心愛的朋友，就感到十分怨恨。我怎麼能束手無策的看著朋友死去呢？

我的內心深處醞釀著一股怒火。一到冬天的打獵季節，我和同伴們就天天擔心受怕。從十一月中開始，我無時無刻提心吊膽，生怕看到小型貨車出現在林中小徑上。每當森林圍欄在清晨發出劃破寧靜的吱嘎聲，我就會本能的警覺起來，一聽到嘈雜的人聲與狗吠，便忍不住想到懸頂之劍[28]的故事。每年一入秋，我就天天祈禱不要再有悲劇發生。明明知道再怎麼害怕都於事無補、不能幫助我們躲避危險，但這種情緒實在太強烈了，總要等到第二年春初、狩獵期結束後，才擺脫得了沉重的心情。

我發現獵戶表面上都說得很漂亮，不知道是哪位博學的人士還發明了「狩獵控制管理」這個新語[29]，但是我經年累月和鹿生活在一起，發現獵人不但不了解我的同伴，而且根本就輕視牠們。鹿也好，樹木也好，對他們來說都一樣，都是可以用數量來計算的單位（比如講到樹木：「每公頃超過二十棵樹就應該砍伐」）。他們用「調節物種數量」作為圍捕的藉口，還在

---

28 懸頂之劍指的是時時刻刻都存在的危險，故事源於古希臘。傳說達摩克利斯夢想當上一國之主，而國王狄奧尼修斯知道後，就建議兩個人交換身分一天，讓他嘗一嘗稱王的滋味。達摩克利斯坐在寶座上並感到志得意滿，一直到晚餐結束時，才突然發現頭頂上方懸掛了一把寶劍，劍尖正對著自己，而寶劍上方只用一根細線綁住，似乎隨時都有可能斷落。國王狄奧尼修斯用這把懸劍來提醒自己，他雖然身為一國之尊，但是敵人時時伺機而動，隨時有可能喪命。達摩克利斯這時才明白，原來當國王的日子這麼驚險無比、時時危在旦夕，於是再也不想待在這個位置了。

29 新語一詞出自喬治·歐威爾（George Orwell）的小說《一九八四》，原本是指集權政府為了控制思想而發明的語言。作者在這裡用到「新語」二字帶有很明顯的貶意，主要是想強調「狩獵控制管理」一詞乍看冠冕堂皇，實際上內容卻空洞可笑。

森林邊緣圍起柵欄，把動物全都關在森林裡面，不讓牠們進入鄰近的田地，甚至大言不慚的說：「這是因為動物可能會造成『破壞』。」人類在森林裡修建了不計其數的車道，把野鹿的生存區域切割得支離破碎，如今居然指控牠們是「可能引發車禍的因素」，實在是太自以為是了，這種看待野鹿的方式不但空泛又簡化，而且毫無人性。

我們不該動不動就歌頌「文明」，文明究竟造就了哪些偉大的成果呢？以鹿為例吧，不管牠們原本是住在海邊、山上、山谷，還是廣大的平原，最後都是因為受到「文明」的限制，而不得不重新調適，最後一一淪落到小樹林、花園、果園、田野等窄小的空間生活。這，就是人類文明造就的一個後果。

鹿是非常聰明的動物，牠們具有得天獨厚的稟賦，幾乎能適應所有環境，比如牠們能生存在人群聚集的外圍空間，就是一個有力的證據。其他野生族群碰上類似情況，不是數量大減，就是完全滅絕。鹿具有很多特點，牠們有十分特殊的社交形式，既能獨居又能群居；牠們懂得利用最理想的方式開發自己的地盤，從中獲取最大的利益；牠們的繁衍形式是鹿科動物中的例外，當時間與空間影響到居住條件時，能自動調節族群的數量。鹿之所以擁有絕佳的生態適應性，就是因為具備了上述種種特點。

可歎的是，人類一心一意想控制物種的數量，而且各地的城市都在急遽擴張，讓鹿群時時刻刻生活在恐懼之中。這種環境令牠們終日提心吊膽，長期在「求生」與「避險」之間尋求妥協。牠們經常被迫穿越車道，還必須到處尋找糧食與庇護空間，不僅可能會被人類看見，有時候甚至得冒著死亡的風險行動。經濟開發、人口變遷、狩獵活動，還有現今的伐木作業一直在徹底改變牠們的行為，讓我的同伴們惶惶不可終日。

獵人已經進行了好幾次的圍捕，我們連續多天到其他地點避難，直到深夜才敢回到生存區域。一到狩獵季節，我的同伴們就個個心神不寧，甚至變得非常焦慮。幾隻經驗豐富的成年鹿——如達達和小斑——會躲在樹林裡觀察林間小道，一邊了解狀況，一邊探測危險程度。牠們這麼做很有道理：人類經常到森林裡慢跑或健行，這些行人成了我們的指標，因為一般人會避免在狩獵期間進入森林，所以只要他們不出現，我們就知道獵人來了。

某種程度上，狩獵活動改變了鹿的自然生活模式，如今，我的同伴們一到冬天就會盡量減少行動，牠們熟記賴以維生的領地地貌，並在地勢安全的灌木叢裡建立庇護點，遠離獵人圍捕的區域。所以說，想要控制野生族群的數量是不可能的，正如俗語所說：「要支配大自然，就必須服從大自然！」而要服從大自然，就應該客觀認識鹿這種資質優異的動物，讓牠們自己支配族群的未來。

如果你是鹿，就會覺得狩獵就像一場龍捲風，既不知道它會經過哪裡，也不知道災情會有多慘重，而且起風之前完全找不出明確的預警信號。基於這些原因，我決定教導我的同伴，讓牠們在圍捕還沒開始之前就先認識獵人，掌握躲避災難的訣竅！我選擇小斑作為教導的對象，因為小斑很聰明，生活經驗又十分豐富，而且我們共同經歷過幾次慘劇，包括失去牠的伴侶星星。

在鹿的一生當中，某些鹿會成為群體的短期族長。野鹿一到冬天就會組成小團體，牠們不見得會選出首領，但是有時候鹿群會根據每一名成員的個性，在互動中達成共識，同意暫時讓某一隻鹿帶頭。當首領的鹿必須具備必要的見識與經驗，並提供自己的所知給群體，而群鹿不可對牠提出質疑。擔任領頭的鹿多半是經驗最豐富的成年鹿，牠有能力保護群體，並熟知理想的覓食區，能幫同伴們填飽肚子。

生活在群體當中，每隻鹿的共通點就是彼此相互依存。鹿一方面非常獨立自主，另一方面又彼此依賴，牠們各自履行著自己的職責，在團體中生活時更憑本能，與大自然直接對話。鹿與鹿之間會相互傳達訊息，牠們的當務之急是維繫自己的生命、尋求個體平衡。牠們沒有上下之分，也沒有奴役依從的現象。每一隻鹿都是完整的個體，能做出自主的決定，當個體的選擇聯合在一起的時候，便加強了團體的凝聚力。

這一天，我和小斑、小飛和小容（一隻我最近結識的年輕小雄鹿）在一起，四輛小型貨車開進伐木小徑，慢慢從我們眼前駛過。這些人這麼早就出現在森林裡一定不是單純的伐木工，我們隱約明白一場森林圍捕正蓄勢待發。

而這一天，我正好是鹿群的首領，這個情況正合我意。我那三個同伴本來正在矮樹林中反芻，我決定把牠們帶到松林地帶，這樣牠們就能清楚聽到我發出的低語，而且風也不會吹散我的體味。

根據我的經驗，鹿對人類的情緒相當敏感，尤其是情緒散發出來的氣味——心情緊張或具有攻擊性時會發出酸澀的體味，聞起來有點像洋蔥；愉快平靜時會發出微妙香甜的氣味，聞起來有點像甜點。除了氣味以外，我們的行為舉止也能透露出很多訊息，假如我在原地轉來轉去、氣息焦躁還不斷用腳尖亂踢地面，並抬頭眺望四周的地平線，那誰都能看出我的內心焦慮不安。但假如我盤腿坐在地上，一邊打呵欠一邊摘採樹葉，那麼同伴很容易就看出我的內心很平靜。每一隻幼鹿從小就從母鹿或長輩身上學到如何觀察，所以我一心期望牠們能明白我想要傳達的訊息。

圍捕即將展開，我的時間不多了。我看到獵人把車子停在會合點旁邊，但是沒有人看守車上的器具。古代獵人在進行傳統狩獵時，也會選在這裡集合。此時此刻，獵人正沿途在間距相等的定點駐紮，擺出了圍捕的陣勢[30]。我趁他們忙著準備，悄悄把小斑帶到小貨車前，讓牠嗅嗅火藥和其他獵物身上沾染的「死亡」氣味。小容和小飛並沒有跟過來，我知道牠們很害怕，不怪牠們。

車主把防水外衣隨手掛在後照鏡上，我拿下來給小斑聞一聞。這麼做，我的心理也很緊張，而我的目的就是希望小斑可以透過我的汗味明白我們身處危險，進而把這種氣味和狩獵連結在一起。

下一步是到瞭望台旁邊，我在小斑面前爬上塔台，然後再爬下來，上上下下來回了好幾次。我一邊爬，一邊發出幼鹿緊張害怕時呼喚「媽媽」

30 圍捕是一種群體的狩獵方式，獵人分成追捕者與射擊手兩組。追捕者沒有槍，他們分散在廣大的空間，圍住動物出現的區域後慢慢縮小圈子，把動物驅趕到射擊手的前方。下面有一段文字提到小徑上的獵人坐在折疊椅上持槍等候，他們應該都是射擊手。

小威和小蕨穿越克魯特小徑：對鹿來說，穿越林中小徑是個危險重重的行動。牠們必須小心不被掠食者看到、避免處於上風的位置，還有不讓天敵聞到自己的體味。四周的聲響與氣味都能幫助牠們掌握森林裡的具體狀況，但我們可別以為寧靜無聲就表示沒有危險。

的短促叫聲，讓牠了解到另一種危險情況——人類有可能出現在牠頭頂上方的位置。鹿平常在行動的時候不見得會抬頭，而且牠們聞不到頭頂上方的氣味，有時候中彈了都不知道獵人早就盯上自己。接著我們進入林地，與小徑保持二十公尺的距離平行前進。我們隱身在樹林當中，但小斑能透過枯萎的蕨葉，看見森林邊緣的小徑沿途都是持槍的獵人，每個人都坐在折疊椅上駐守。小斑緊貼著我，我從肩膀感受到牠的心臟撲通撲通跳個不停。牠時時觀察我、嗅著我的味道，並不安的盯著這場古怪的準備活動。小斑的尾毛直豎，顯示牠明白自己正面臨危險。

十五分鐘後，圍捕行動開始了，而我們依然躲在射擊手的前方。好在樹叢很高，我們看得見別人，別人卻看不到我們。有一隻野豬突然從我們右前方三十公尺處衝出，朝小山谷跑去。我們先聽到第一聲槍響，接著聽到第二聲。我模仿危險信號，輕輕叫了一聲，和小斑一起朝黑莓樹叢快速前進，返回上方避難。獵人的叫聲讓我們的心跳再次加速，小斑一時心慌意亂，想離開我獨自逃跑，於是我用母鹿的語言向牠發出兩下「我們不要分散」的警告聲，牠聽到後馬上停下來並回到我的身邊，決定繼續相信我。

現在，終於能向小斑展示我的反圍捕計畫了，我衝向一片禁止獵人進入的區域，並且要求小斑跟著我。一進到這片林地後，我就不再擔心了。小斑看到我坐在地上休息，從我的氣味得知我的心情已經放鬆，便和我一起安安心心待在這片安全區。牠完全相信我，一再接受我的提議、忍住想逃跑的本能，真讓我大喜過望。能交到這樣的朋友，我實在太幸運了。

我們在這裡度過了平靜的下午，幾個小時後，遠方響起宣告撤退的號角聲。夜晚隨之降臨，這一天終於結束，我這個首領也當完了。小斑起身尋找家人，於是我們一起回頭尋找生還者，心中暗暗禱告，但願同伴們平安無事。這一天，獵人殺死了兩隻鹿、八頭野豬、五隻母赤鹿，我因此悲痛不已。只希望小斑明白我今天傳達的訊息，下次懂得重新實行這套求生方法。

幾週後，森林裡又出現了圍捕的突擊活動，我欣慰的發現小斑把該學的都學會了。一大早，小斑就聽到小貨車的聲音，牠感受到獵犬亂吠的暴力氣氛、聞出火藥和各種獵殺工具的氣味。不久之後，我開心的看到牠正帶著小威、小飛、達達和其他同伴跑向我曾帶牠去過的那片安全區域——大自然兩千[31]。我知道小斑聰明又勇敢，但沒想到牠居然懂得把自己學到的一切教給其他同伴。這一天，獵人一隻鹿都沒有獵到，我感到非常驕傲。

31 大自然兩千（Natura 2000）：為歐盟提出並建立的自然保護區。

13

今年冬天，我只離開森林三次。對我來說，回到文明世界是一件得不償失的事，千辛萬苦步行五公里，只為了吃一碗加了什錦麥片的白乳酪，怎麼說都不划算。當然，一想到能回家取暖幾個小時，我還是有點心動，但是如果要提高求生效率就不該白費體力，況且我現在知道怎麼儲存枯枝和乾果，不必擔心缺乏資源，不像一開始那樣需要經常補充維生用品。

如今，只要天氣一開始變冷，我的新陳代謝就跟著變慢，自動適應未來三個月的缺糧狀態，我盡量降低食量和活動量，行囊裡面的加工食品幾乎派不上用場。我的充電電池受不了寒冷與潮溼終於一命嗚呼，在相機內流出有毒的液體，這麼一來我連攝影師都當不成了。真正值得我往返於森林與人類世界的物品只有一項，那就是火柴——沒有火，我就無法過冬，可能會被凍死。

幸好春天來了！大自然正在醒轉，整個森林洋溢著重生的喜悅。樹液開始流動，樹梢冒出新芽與花蕾，萬物爆發出蓬勃的朝氣。林中的生命重新復甦、充滿歡樂。鳥兒譜出新曲，各種活潑的樂音迴盪在樹林間。動物們擦身而過，似乎在互相問好。

我在達達經常休憩的樹林裡散步，順便採集幾株樺樹的樹液。我先在離地面二十公分高的樹皮上，用螺旋鑽鑽出一個一公分的小洞，並把水壺綁在洞口下方，然後拿一根秸稈當吸管插進樹洞，樹液就能直接流進水壺裡了。如果大樹夠慷慨，我一個晚上就能收集到一公升的樹液。

過去，我只吃超市買得到的食物，大量吸收加工食品中的精製糖；如今，我戒掉壞習慣，享受美妙甘甜的樹液。它為我提供冬天食物裡嚴重缺乏的礦物質，喝一公升的樹液能讓我一整天都活力充沛。我也很喜歡舔松樹流出來的樹液，松樹液的糖分更高，摻在樺樹液裡就變成了充滿綠意的新鮮飲料，有著獨特的風味。不過要想品嘗鮮樹液，動作得快一點，因為一旦樹頂長出新葉，樹液就不再流動了。

我繼續在晨間漫步，不久便在樹林裡碰到了達達，牠似乎有點侷促不安、不知道該如何是好。達達有一個妹妹名叫小蕨，在小威之後出生。最近幾週，小蕨經常待在哥哥的地盤，而這塊地正好也是母親贈予的附屬地，所以小蕨在這裡可以得到哥哥的保護。小威最近也開始學著劃地盤，但才剛滿一歲的牠似乎搞不清楚劃地盤的規則，而且照目前的情況看來，小威似乎愛上了小蕨，沒事就常侵入達達的地盤。可憐的達達不知道趕走小威多少次了，但是對方正在熱戀中，沒多久又會跑回達達的地盤，有時小蕨也會請男友到家裡，但是牠的家偏偏位在哥哥領地內。這段戀情愈弄愈複雜，未來的情路似乎不太好走。不過達達的心地實在很善良，牠看到小威怎麼樣都弄不走，最後決定讓步，讓牠來家裡追求妹妹，不僅保護妹妹，也連帶著保護妹婿不被潛在的競爭對手攻擊。

我觀察著一幕幕日常生活的情景，突然發現小威正好奇的向我靠近，一面嗅著我的味道，一面繞著我轉圈子。為了不扭著脖子看牠，我在原地轉了轉，目不轉睛的盯著牠。這陣子，小威行動時願意讓我跟在身後，但必須保持二十公尺左右的距離。我看到牠靠近我，不禁在想：也許我可以縮短彼此的距離，說不定牠今天終於準備好了。

四十五分鐘的時間過去了，小威開始在我身旁吃起滿地的石楠花，然後張著又黑又亮的大眼睛，盯著我好幾分鐘。

鹿不像牠們的表親赤鹿一樣仰賴雙眼辨識四周的動靜，但牠們具有絕佳的廣角視覺，能靠著略突的雙眼和靈活轉動的長脖子一覽無遺周圍的環境。鹿的眼睛結構幾乎全由負責黑白影像的視桿細胞所組成，只有少量負責彩色視覺的視錐細胞，所以牠們的視覺以灰色調為主，不易捕捉到色彩，這個特點讓鹿的視力在黃昏時分特別敏銳，能快速探測到四下的動靜。

此時，一隻環頸雉優雅的從小威前方十公尺走過，小威似乎嚇了一跳，牠往後退了幾步，不自覺的向我靠近，然後又一動不動盯著我許久，一邊嗅著周圍的空氣，一邊低頭捕捉我的氣味。牠意識到我們靠得很近，不過牠很聰明，明白我並沒有趁機攻擊牠，但為了小心起見，牠還是踏著平穩的步伐後退了幾步。

這幾步路走得很特別，我稱為「插蹄步」，這是鹿在好奇心發作時經常出現的典型步態，牠們可用這種步伐前進或後退。專業術語把這個動作稱為「踢蹬」，也就是把前蹄抬到肩膀的高度後向前一蹬，然後四平八穩的踏回地面。看著牠們修長的體態、不疾不徐的動作，實在是優雅又神氣。我趁小威在踢蹬的時候站了起來。

不一會兒，小威回頭去找達達，對達達點點頭，秀出頭頂的鹿角，邀請達達跟牠打一架。小威的鹿角很細小，連側枝都還沒長出來，看起來有點像山羊角，但是牠覺得自己威風得不得了，還用前蹄在地上刮來刮去，弄得塵土飛揚。達達接受了挑戰，趁小威低頭時發出一聲宏亮的叫聲，把牠嚇得跳了起來，往後奔出二十公尺，最後才發著抖回來。這兩位實在太好玩了，就像在操場上打鬧的小朋友，我忍不住在一旁放聲大笑，反而嚇了牠們一跳，一起轉過頭來疑惑的望著我。小威明明知道達達比牠強壯，一定打不贏，而且牠也很清楚如果不用技巧一定搶不到地盤，不過小威實在太愛玩了，玩到忘記了野生世界的殘酷。

和達達比劃完之後，小威無憂無慮的回到小蕨身邊，小蕨也被牠嚇了一跳。我跟在牠們身後前進，讓達達忙自己的事，我靠近小威，試著只跟牠保持五公尺，但牠馬上往前跳了一步，拉開我們的距離。不一會兒，小蕨脫隊、停下來躺臥在地上，小威則繼續到處標示自己的地盤，不久便打算穿越森林小徑。我跟在小威身後，牠斜眼瞄了我一眼，繼續前進。此時此刻，小徑上經常有騎馬、騎腳踏車和慢跑的人經過，小威在小徑前考慮了幾分鐘才穿越，我依然跟在牠身後，我的固執似乎讓牠很意外。牠跑進剛砍伐完的山毛櫸林裡、爬上一段斜坡，然後躲在剛砍下的柴捆後方啃咬身旁的樹葉，我也追過去在牠前面摘幾片樹葉來吃。小威知道我住在森林裡，牠能分辨我和其他人類的不同，而且和其他鹿一樣，只認識我一個人且熟悉我的氣味。如果別的人類靠近小威，牠一定會馬上逃跑。跟在小威身邊這麼久，我發現牠已經不再焦慮，開始把這一切視為一場遊戲。牠似乎在對我說：「我想認識你，你可以繼續跟在我身後，不過別跟得太緊，因為我還有一點害怕。」我明白了，從此盡量跟牠保持十公尺的距離。聽到我踩在枯葉上的劈啪聲響，牠漸漸不緊張了。

就在這個時候，另一隻兩歲大的雄鹿從遠處走過來。牠叫做「阿福」，住在一片我稱為「邊緣」的偏遠區域，我對牠並不熟悉。阿福的體格很強壯，牠隔著一大段距離觀察我們，從遠方嗅著我們的氣味但不敢靠近，十分防備。小威在我身後來回走動——但是仍然和我保持一定的距離，牠從我身後探頭觀察阿福，謹慎的讓我介於牠和阿福之間。我馬上就發覺小威有些膽怯，但是並不想介入牠的交友狀況。阿福等了很久，終於走過來想進一步認識我們，但過不了多久牠就下定決心要趕走小威，只是因為我在場而不敢太放肆。阿福小心翼翼的行動，想盡辦法轟走小威，但小威自始至終都躲在我身後，讓阿福無法得逞。阿福被搞得心灰意懶，只好離去。

接下來一整個下午，我都和小威待在一起，阿福的出現拉近了我們的距離，我們正在建立一段可貴的友情。我專心觀察牠，把握這段美妙時刻。我故意坐在上風處讓牠聞到我的氣味，而且發現牠似乎很能接受我的味道。

鹿的世界充滿了各式各樣的氣息，牠們的鼻孔溼潤，表面無毛且有很多皺褶，能分辨出飄在空氣中的所有氣息。因為潮溼的空氣比乾空氣更能傳遞氣味，所以在四月份氣候乾燥的今天，小威會不斷舔自己的鼻孔增加溼度，以提高嗅覺靈敏度。牠能靠嗅覺辨別人類的用意，從他們的行為和體味分辨出誰是沒有惡意的森林常客，誰是不安好心眼、偷偷摸摸潛入生活領域的惡棍。不管風來自哪個方向，只要處於鹿的上風位置，牠就知道你來了。

阿福正在逃跑：阿福機智伶俐又懂得掌握地勢，曾多次從獵人的魔掌中死裡逃生。

小威繼續到處標示地盤，牠的作法是先用前蹄刮地，然後走幾步、撒一點尿，再用鹿角輪流摩擦蕨葉、幼小的楊樹和乾枯的灌木。鹿的身上有好幾條氣味腺，在日常生活中非常實用。牠們的兩趾間有一條趾腺，行走時會在地面留下分泌物。鹿群靠著分泌物的氣味認路，就算樹林裡枝葉茂密，一家大小也絕對不會跟丟。牠們後蹄腕毛較長處另有一個小型氣味腺，走動時能把氣味塗在低矮的植被上。

其實每一種動物——包括每一個人——都是各種氣味的混合體，這些氣味在排汗時從皮表毛孔發散出來，可說是每一個個體獨一無二的嗅覺印記。鹿能透過氣味來搜尋記憶，辨識出曾經遇見過的動物或人。我也是帶著我的氣味加入牠們的世界：我的衣物、用品、我的汗和尿液都沾有我的氣味。森林中的花粉、灰塵，或是我踩斷的植物汁液與我接觸之後，就會和我的氣味結合、形成混合體，雖然較不容易辨識，但同伴們還是能得知我所在的位置和方向。

阿福離開以後，小威開始用額前的氣味腺塗抹樹幹，反正只要能留下牠來過的記號，牠都不忘標示，不管是蕨類的葉子、灌木，甚至連枯枝牠都不放過，在地盤上處處塗上有味道的物質，我覺得這種氣味聞起來有一點像蘋果。不到一歲的年輕小鹿（如阿福），或是小母鹿（如小蕨），也會用這種方法來標示牠們曾到過這裡。

接著，小威用前蹄刮開剛才摩擦過的樹皮下方，然後把蹄子用力按進樹身，在表面留下清晰的蹄印，看起來就像在作品上簽名一樣。

標示地盤的活動會在每年五月到九月間如火如荼的展開，野鹿氣味腺的體積也在這段時期明顯增大。受到「塗抹」的樹幹直徑較小，不能超過兩隻鹿角的間距。小樹不見得會因為鹿的「塗抹」就長不大，不過林務業者如果突發奇想，先把樹林砍成光禿禿的平地，然後在上面種植高莖的冬季落葉樹木，而且不用保護網包住幼苗樹幹，那麼後果如何，他們就只能自己承擔了！

為了認識小威的地盤和路徑，我在牠身邊待了好幾天，我們逐漸發展出前所未見的情誼，變得愈來愈有默契。我們好像從小就認識，心有靈犀一點通，我想到什麼，牠也會同時想到；我走到哪裡，牠也不約而同的出現，總和我不期而遇，彷彿命運就是要把我們拉到一塊。

有一個晚上，我讓小威和小蕨獨處，自己去採收樺樹液，採收到一半時卻發現小威居然跟在身後，正到處舔那些淌著樹液的樹皮。小蕨生性比較畏怯，總是跟在小威身後不遠處，牠不見得會和我打招呼，但對我的一舉一動都相當好奇。小威似乎想在美人面前逞英雄，讓小蕨看到牠有多麼勇敢，連人類跟在身後都不怕，還敢和我在同一棵黑莓樹叢裡尋找食物，牠甚至跑來嗅了嗅我的鞋子。小蕨是否因此而神魂顛倒我不太確定，不過我自己倒是非常詫異——我從來沒見過像小威對我這麼感興趣的鹿，而且這麼快就願意讓我接近。

在短短幾個星期當中，我們的關係發生了一百八十度的轉變：從之前的畏縮不前到互相信任，最後發展出情同手足的友誼。我成為小威生命的一部分，我們天天結伴同行、玩在一起，在黑莓樹叢裡覓食，走到哪裡就黏到哪裡。我甚至覺得小威對我完全沒有心防，比跟伴侶小蕨同行還自在。因為牠，我覺得自己就像一隻鹿，牠完全接納我，跟牠待在一起總覺得悠然自得。牠不會批評我，甚至覺得牠完全了解我，我們情同骨肉，誰也離不開誰。就這樣，我們三個在喜悅、友情與相互探索當中共同度過了美妙的四月。

14

小威和我的友誼愈來愈深厚，我們對彼此都充滿了好奇心，兩邊的距離不斷拉近。牠觀察我、試著認識我，學習速度快到令我咋舌。牠完全接受我的一舉一動、我的氣味，所以我們之間的溝通變得很容易，我還從牠身上學到不曾在達達和小斑那裡聽到的鹿語。更有意思的是小威會聽我唱歌、說話，甚至知道言語和行為之間有所關聯，比如穿越森林小徑前，我會提醒牠：「來到這裡要特別小心，人類可能會經過。」儘管牠不見得真的明白我所說的內容，但會懂得把我不安的情緒、我的氣味，還有我面對危險時採取的姿勢與行動，全都和語言連結在一起。

有的時候，我會蹲在小威身後問一句：「我的小威，你還好嗎？」這時，牠就會停下原本的活動、歪著小臉蛋，一邊舔著鼻頭一邊露出和善的表情，閃動的目光似乎在回答我：「很好啊！你呢？」

我發現鹿的溝通能力很強，只要專心傾聽，你就能發現即使眼前一隻鹿也看不到，還是很容易聽見牠們的聲響。說真的，有時候牠們還真吵，讓人一刻也不得安寧！牠們在一起時經常互相提問、一起玩耍，好奇的時候也會發出各種叫聲。如果鹿發出一連串嘶鳴聲搭配小步跳躍，那麼牠正在向四周同伴發出危險的警告訊號。幼鹿和母鹿也常輕聲低語，確保不在行進當中失散，不過小鹿感到無聊時也可能會自言自語。小鹿驚怕的叫聲簡短又響亮，很容易暴露自己的所在，這種叫聲聽起來類似旋木雀[32]尖細又有韻律的啾啾聲，母鹿聽到了會立刻回到孩子身邊。到了七、八月的發情期，年輕雄鹿的呼吸聲會變得像在喘息，很容易辨識，有時候牠們還會

32 旋木雀：體型比麻雀略小，又名「爬樹鳥」，因為這種鳥總喜歡繞著樹幹攀爬。

發出呼嚕聲，就像跟自己嘀咕埋怨。發情的雌鹿也有各種不同的叫聲，牠們常發出嘶啞短促的喘息聲，有點像是在呻吟。此時，如果發情的雄鹿跟在牠們身後，雌鹿的叫聲會更響亮，像是一種發自內心的吶喊，相當難以形容。

小威讓我了解到鹿的內心狀態，我很快就開始學習模仿牠們的語言。鹿語的規則很複雜，音與音之間有一定的長短間隔，絕不能馬虎。我必須根據氣溫、風向、風速、天氣狀況等因素，用不同的方式呼喚鹿友，呼叫方式每天都不太一樣，連不容易感知的大氣壓力都能影響到語言。不過，對待朋友應該誠心誠意，不要沒事就自私的呼喚。把朋友喚來之後，你必須真的有話想說、有訊息要傳遞才行，牠們最受不了的就是沒事大呼小叫的誤報，所以我也盡量不讓牠們以為我是這種人。不過話說回來，居心不良的鹿實在很罕見，我認識的鹿總是樂天又開朗。

跟小威溝通時，我從來不會命令牠，因為我不願貶低牠，讓牠淪為我的寵物。反正牠也不可能對我言聽計從，這傢伙實在是比騾子[33]還倔強！

其實一天到晚跟在野生動物後面的是我，說起來我才是小威的寵物。不過說實話，有時候我還真希望牠們願意聽我的話，因為鹿在探索新的區域時總是勇往直前，有時候乾脆把警覺心全丟到腦後。牠們並不是沒有危險意識，而是天生就這般無憂無慮。

我曾經試過好幾次，為了小威的安全不讓牠靠近人們運動的路徑、車道兩側等危險地帶，也不讓牠在下午進入健行者常經過的林中空地，但是就算整個人擋在牠面前也沒用，小威根本就懶得理我，只顧著去牠想去的地方。後來我不禁自問：「對啊，我以為我是誰？憑什麼以為我有權力管牠？」讀者和我應該都同意一件事：儘管危險無處不在，自由之所以美好、野地生活之所以動人，就是因為沒有約束、不必遵守任何命令。生存本來就有危險性，我又何必禁止小威過牠的生活呢？世上的限制與障礙已

33 原文直譯是「牠和山羊一樣倔強」，但中文裡面通常用「騾子」或「牛」來形容頑固，所以這裡譯為「比騾子還倔強」。

夜晚中的小威：夜晚能喚醒各種感官，除了嗅覺與聽覺，
也包括了觸覺，觸覺尤其能幫助我在月光下辨識植物。

經夠多了。

說到障礙，小威從來沒想到的障礙幾天後居然出現了，那就是阿福。阿福對小蕨似乎一見鍾情，而小蕨好像也不怎麼排斥「帥哥」的追求。兩位情敵各有各的性格，小威有點孩子氣，體格瘦小但鬼靈精怪，個性非常溫柔體貼；阿福比較成熟，有點大男人，體格健壯但莽撞專橫。更沒想到的是，阿福居然選在達達的地盤旁邊建立領地，而小威偏偏又住在達達的地盤上、得到達達的保護（我之前曾經提過），這段三角戀情剪不斷、理還亂。小蕨是故事中的女主角，但是牠不願做出選擇，決定輪流和兩位男友在一起——今天和小威，明天跟阿福。最後，兩位情郎達成了共識，那就是——事情不能再這樣繼續下去了！

到了春末，牠們三位的關係變得愈來愈緊繃，小蕨最後決定撇下兩位愛慕者，自己到別處去度過夏天。小蕨一離開，阿福馬上就放棄地盤，因為牠和達達為鄰，衝突風險太大，而且另一位鄰居小斑沒事就愛亂叫，讓牠心煩無比。於是有一天，阿福頭也不回的離開了這塊地盤。

小威看到阿福的地盤沒了主人，二話不說立即搶占，其實牠心裡老早就盤算好了。我實在太驚訝小威居然這麼聰明又狡猾，牠連一場架都沒打，就坐享二十公頃的廣大領土，其中一半由達達來保護，另一半則是牠乘虛而入賺到的！小威還真是膽大包天。

幾天以後，小威的行為再次出乎我的意料。那時，我們正走在一片山毛櫸樹林中，我跟在小蕨和小威身後。牠們正到處咬食葉片，盡情享受林地銀蓮花。林地銀蓮花是毛茛屬的植物，兩個夥伴一看到就一口接一口的吃了起來，因為這種植物有一種獨具清腸效果的特殊單寧，能避免腸炎——有一點像人類的腸胃炎，但是鹿得了腸炎，致死率很高。林地銀蓮花生長在矮樹林間的潮溼陰暗處，不見得能在每隻鹿的活動區域中找到，尤其難得在松樹或冷杉等酸性土質樹林見到。小威和小蕨飽餐一頓以後，開始尋找一片安閒的空間反芻。小蕨看到一截伐木工人剛鋸下來的圓木，就往上面一坐。而小威環顧了一下，似乎沒有找到合意的地點，於是牠爬上斜坡並在小丘上探索，我則繼續跟在牠身後。

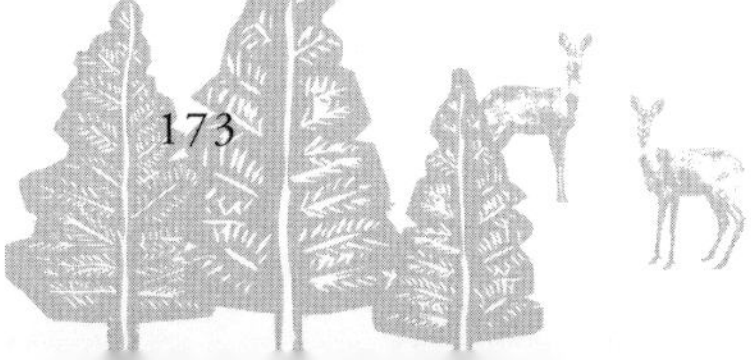

走了一會兒，我在離小威不遠的地方蹲了下來。小威轉過身走到我面前停下，一邊觀察我，一邊嗅著我的氣味。牠稍微清理一下自己，不時往四處瞄幾眼——從我們這個位置望出去可以俯瞰一望無際的森林。幾分鐘後，牠向前跨出一步，全身微微顫抖，牠的雙眼直盯著我，我從來沒有在其他鹿身上見過這種獨特的神情。

小威先抬起頭，又低下頭從下到上嗅著我身上的氣味，然後慢慢靠近我、繞著我轉圈子，繼續嗅著我。漸漸的，好奇心驅散了牠不安的情緒，小威把臉貼到我面前，開始在我的臉上到處舔。牠用溫暖柔軟的小舌頭熱情的撫摸我的面龐，把一股溫熱又規律的呼氣傳了過來。我的心跳頓時怦怦加速，這隻鹿正在對我表達友情，這可是我生平第一次遇見這個狀況。強烈的幸福、喜悅、充實、自豪……沒有任何語言能形容我當時的感受，千百種激動的情緒在我的背脊上竄流，讓我不禁顫慄。

小威用舌頭幫我梳理，並「品嘗」我的味道，把我特有的氣味收藏在牠的記憶當中，讓我們從此成為生死之交。牠舔了舔我的雙眼、耳朵、鼻子，還用舌頭掀起我的嘴脣，然後毫不客氣的摘下我的毛帽、嗅一嗅我的頭髮並順便玩了一會兒。接著，牠把頭探進毛衣領，繼續舔我的脖子，完全沒有遺漏任何細節。梳洗完畢之後，我輕撫小威的前胸，牠則抬起頭盯著我，似乎很滿意我們的交流。然後，牠便躺臥在我的腳前，我本來一直蹲坐著，此時正好趁機活動一下雙腿，改成盤坐。看著小威愉悅的神采，我知道我們的關係更進一步了，彼此充滿了信任、尊重、善意，而要建立一段鹿與人的成功友誼，這些都是不可或缺的關鍵。

15

一個初夏的晴朗午後，小威和我在山毛櫸林裡漫步。林中有一棵挺拔的樺樹，舒展著輕巧柔韌的枝條，旁邊有一棵今年冬天被暴風雨吹倒的大樹，小威選擇坐臥在倒地的樹幹末梢。我們對看了好一會兒，我實在很想知道，究竟是什麼原因讓牠決定馴服我，而為什麼別的鹿沒有這麼做？我捲進了這場神奇的冒險，一天比一天更了解自己，對自己的優缺點、對於內心渴望的種種也不斷改觀。小威是否能感受到我在牠身邊生活有多麼快樂？是否也像我一樣，渴望更進一步了解對方？

溫暖的南風輕輕拂過樹頂的枝葉，陽光穿透了在風中舞動的葉片，綠色的光影在小威臉上來回移動。我躺在滿地的蕨葉上，觀賞樹葉和微風嬉戲的情景，葉片就像綠寶石一樣透明。就這樣，我們在灑滿陽光的樹叢中窩了好久好久，盡情享受這段夢幻般的神奇時光，把自己完全交給大自然，忘卻野地生活的壓力與束縛。我無法用語言形容內心的喜悅與平靜，我們任由時光緩緩流逝，靜靜享受美好的下午時分，直到日落才起身。

舒舒服服的怠惰了一個下午，我們全身都還懶洋洋的，四周寂靜無聲，我們略微昏沉的在矮林樹群間前進。我邊走邊撥開擋路的蕨類枝葉，入夜以後，葉片摸起來清新涼爽，飄散著白天累積的溫暖幽香。空氣有時沁涼，有時溫暖溼熱，散發著一股禾草與青草特有的蜜香，真讓人心曠神怡。此時此刻說不清是白天還是夜晚，山雀、知更鳥、蒼頭燕雀等小鳥慢慢靜了下來，把夜晚交還給寂靜。

自然界的聲響全部消失了，陰涼芬芳的氣息籠罩著大地。森林慢慢甦醒，但是林中的動物還不敢打破這份祥和的寧靜。夜晚緩緩降臨，我們在森林不同的植被中前進。穿越林中空地時，幾隻歐夜鷹正在上方游移不決的盤旋，牠們剛離開白日的巢穴，來到森林獵捕昆蟲，歐夜鷹的叫聲獨特，有點像是貓科野獸的呼嚕聲，打破了林中單調的沉寂。

我和小威在橡樹林裡停下來休息了一會兒。一隻公灰林鴞[34]在樹上發出強而有力的嗚嗚叫聲，另一隻母鴞立即回應，牠們一搭一唱了起來，遠處另一對灰林鴞夫婦聽到這邊的情歌二重唱，也放開喉嚨在那一頭高歌。等到天色完全變黑以後，這些殺手獵鳥便會出擊，成為林中小型齧齒動物的夢魘。

一隻貓頭鷹靜悄悄的飛越我的上方，牠的翅膀搧起了一陣風，涼颼颼的略過我的頭頂。圓月的蒼白光芒照耀在矮樹林裡，投射出我的影子，看似林中的遊魂。每到夜晚，森林就會搖身一變，展現出另一種面目。在夜間漫遊就像是走在植物建造的大教堂裡，所有感官都進入了醒覺狀態，我能感到植物的根正在腳下竄動，我能聽到頑皮的夜風吹過樹冠時樹幹發出

34 灰林鴞：一種中型的無耳貓頭鷹。

兩位鄰居：忽悠和迷迷是我經常碰見的兩隻獾，對牠們來說我是森林裡的一員，不會對牠們構成危險。

的吱嘎聲，彷彿船隻上桅杆索具回應著拍打中的海浪。我知道樹木之間經常互傳訊息，我是不是它們的話題呢？森林的夜晚奇妙又神祕，任由想像力恣意馳騁。

小威把我拉回了現實，牠輕輕叫了一聲，要我動作快一點，一起到牠選好的地點。如果我沒有聽到牠的叫聲，牠就會靠過來、伸長脖子低下頭（看起來有點像在嗅我的鞋子）並用力吹一口氣，然後往前小跑幾公尺。有一次我在牠身旁小憩，一隻鼩鼱——世界上最小的哺乳動物——在睡夢中跑進我的褲管取暖，原來我的身上居然是一家動物專用的民宿呢！每次睡醒時碰上這種狀況，要不是先聽到「唧」一聲，看到小鼩鼱倏然逃走，要不然就是被牠反咬一口作為回報，不過後面這個情況比較罕見。

天快亮了。淡橘色的黎明勾勒出森林的形影，空氣依然涼爽潮溼。我們回到向陽的白堊山坡，迎接從鄰近山丘上方露臉的朝陽。塞納河和厄爾河面霧氣交織繚繞，隨著日出逐漸消散。太陽升起了，在湖泊與池塘中映照出明亮的光芒。遠處公雞高聲啼叫，宣布晴朗的一天即將揭幕；小鎮的教堂在山谷間響起晨間的第一陣鐘聲；一隻棕狐狩獵歸來，看來牠今早滿載而歸；幾隻野豬穿越露水所浸溼的草原和田野，急著返回森林深處，趁著人類還沒起床之前回到安全的巢穴。

一到夏天，白日就特別漫長……[35]

---

35 「一到夏天，白日就特別漫長……」這句話的言下之意是：夏天的白日特別長，人類到森林裡活動時離開的時間更晚，因此動物要等很久才敢出來。

16

我的家裡突然充滿了壓迫感，看來我愈來愈不受家人歡迎了。為了不惹人厭，我只在絕對必要的時候才回去，每次都在半夜，而且行動迅速。我快速梳洗一下，用幾秒鐘的時間吞下一碗白乳酪，如果找得到火柴就全部拿走，來來去去不留一絲痕跡。房子裡的一切都讓我感到焦躁，家裡的氣味特別刺鼻，各種家電發出的喀噠聲令人心煩，連燈光都讓我感到不舒服。看來，我已經無法忍受人類世界了，只在回到森林以後才覺得好過。

達達、小斑、小威等朋友讓我學到沒有睡袋、搭棚、暖氣也能在野外過夜，牠們教我如何生活、如何進食、如何進行分段睡眠，讓生活——或是求生——成為可能，也減少了整個過程的種種不適。我不可能每到一處就搭建一座小木屋、在當地生火，然後幾小時後拍拍屁股走人，其實紮營對我來說根本沒什麼用。當然，有時候我會用木條和繩子紮一塊柵欄作為擋風板，或是在刮風下雨的時候搭建一個克難的小棚子，但是這些活動非常耗時間和精力。如果我願意花時間去建造，一定是因為溫度低到無法忍受，加上全身溼透，想趁機晾乾身上的層層衣物。

我的冒險故事進行到這個階段，完全沒有人關心我在森林裡的死活。我開始害怕被人發現，經常躲在野豬、鹿或赤鹿常經過的矮樹林裡，但我會非常小心，不在小徑上留下曾經來過的痕跡。白天穿越林中路徑的時候，我也和鹿一樣步步為營，最怕的就是森林護管員發現我，儘管他不常來森林裡。我幫自己選擇了一個座右銘，那就是：「要想活得快樂，就要活得隱密！」

在野外生活並沒有想像中困難，只要掌握理想的裝備、有效率的安排就不難實現。你必須學會如何節省體力，如何放慢呼吸來減緩心跳速率，碰到寒流時不忘調整行走速度以免出汗，因為在寒冬之中，汗水有可能成為你的頭號敵人。我不能像野雁一樣在入秋之後遷徙到南方，牠們的飛行隊伍在空中劃出一個V字形，正好是「旅行」（法文：voyage）的第一個字母，滿載著探索遠方國度的美夢。我也不能像睡鼠、土撥鼠或刺蝟一樣一入冬就放慢腳步，不管外面刮風下雪，只要窩在家裡舒舒服服冬眠就好。我只能利用手邊找得到的事物自己想辦法，一邊耐心等待冬天結束，一邊想辦法處理兩個求生難題——如何保暖以及如何尋找食物。

不管白天或夜晚，睡眠時間太長都有可能會有致命的危險，尤其是在冬天。橫躺時心跳速率會減慢，才半個小時就會感到寒冷，幾個小時後，手、腳也會開始冰凍發麻，全身慢慢進入失溫狀態。所以，當務之急就是隔離地面的寒氣。我學鹿一樣用腳撥開地上的植被——因為土地比較暖，溼涼的是上面那一層腐敗的葉片——然後在地上鋪一層冷杉或其他針葉樹的枝葉就能取暖。氣溫不太低的時候，我能穿著保暖的毛衣睡上幾個小時；如果天氣非常寒冷，那麼我的睡眠時間就會變得很短，而且一定是在白天。我總會在中午之前把握最暖和的陽光、稍微休息一會兒，醒來的時

霧中的小蕨：霧氣是鹿的可貴盟友。潮溼的空氣中飄浮著細小的霧滴，很容易傳遞氣味，鹿還沒看到人影，就知道對方出現了。

候經常略感昏麻，但能享受到睡眠我就很慶幸了。有時候，我完全不會睡覺，只會盤腿坐在擋風的柴捆上打盹幾分鐘就結束。

至於覓食方面，我也遵循著相同的原則，反正我無法儲存食物，所以習慣和同伴們一起行動。我的活動受制於季節，如果無法在秋、冬兩季找到充足的食物，就非得跟著同伴一起尋找食物不可，所以說，建立營地的做法根本不適合這種生活方式。我並不在乎自己有沒有固定的居所，反而比較適應類似逐水草而居的游牧生活。

假如冬天太漫長、食物來源變得稀少，那麼鹿群就只能去田裡尋找食物，包括冬季作物、油菜籽、塊莖、塊根以及所謂的「雜草」，不過新芽一旦超過十公分以上的高度，牠們就不再感興趣，會重新尋找其他食物來源。植物上的啃咬痕跡幾週後會自行消失，植株到了春天也會自然成長。問題是，農人習慣在冬季噴灑農藥，所以除非萬不得已，我的同伴們並不願輕易下田採食。老一點的樹林裡有各種果樹、橡樹和栗樹，對於小斑、小容和瓦路等年齡較大的雄鹿來說，那裡簡直就是美食天堂。

大地回春後，食物來源又開始豐富多變，雄鹿會回到森林裡捍衛牠們去年的地盤，而我也會根據不同的覓食策略來行動。如果雌鹿和新生小鹿在田野裡找到理想的隱蔽區，可能會多待幾個星期才回到森林裡，如果這些區域非常安全，不常被來來往往的人類干擾，牠們甚至有可能在這裡度過整個夏天。沒有伴侶的雌鹿則會主動去尋找已有地盤的雄鹿，再把伴侶帶到理想的地點進行交配。

其實鹿對田野農作物的損害很小（低於百分之五），但機械化的農具對鹿的傷害反而大到令人怵目驚心，初生幼鹿經常被機器絞碎或輾死。年輕小鹿最喜愛草地與紫花苜蓿田，常在其中休息，但是意外事故層出不窮，有時候甚至讓族群的年成長率減半。

每一隻鹿都十分眷戀自己的生活區，牠們機智伶俐，懂得如何不去引起人類的注意。牠們的記性超乎尋常，在自己地盤上的表現更加優異，而且牠們還擁有絕佳的「本體知覺」，對四下的環境瞭若「蹄」掌。在熟悉的路徑上，牠們奔跑與跳躍的時速可高達一百公里，不但不需觀察路況，甚至連想都不用想就能往前飛奔。

其實人類也有類似的肌肉記憶，但和牠們相比還差得遠，比如我們夜半摸黑也能找到電燈開關，還不會踢到床腳。對於鹿來說，肌肉記憶是一種寶貴的能力，尤其能幫助牠們躲避掠食者。因為森林裡面沒有鏡子，同伴們不能沒事就照一照，欣賞一下頭上俊美的鹿角，所以雄鹿必須記住自己雙角的位置、形狀與長度，因為等到表面的絨毛脫落以後，鹿角就完全失去觸覺了。

我注意到小威和許多同伴都很懂得認路，記得在哪些地點可以享受到美食——哪些樹上長滿了值得跑一趟的樹葉和果實——顯示出牠們能根據不同樹種，記住好幾季以前發生過的事，有時候甚至能向上追溯到六年多以前。這也就是為什麼若人類頻繁開發牠們的生存區域，很可能會干擾到牠們的心理。

就拿冬令與夏令時間來說吧[36]！人類轉換時間的措施有可能擾亂到牠們的作息，影響力可以長達好幾天，甚至好幾個星期之久。讀者現在都知道鹿在黃昏時分活動最頻繁，牠們有可能在晚間七點半的時候穿越森林附近的車道，這個時候路上的行車並不多。但是當夏令時間轉換成冬令後，前一天還是七點半，第二天卻變成了六點半，很多人還沒回到家，路上的車流輛較多，「夏令轉冬令」就成了引發車禍的因素。當然，有些鹿的觀察力很強，懂得立刻重新安排生活規律，避免在車水馬龍的時段靠近車道。可惜不見得所有野生動物都這麼機警，被撞死的動物還是太多了。

36 歐美地區許多國家都會實施日光節約時間，在春季時調快一個小時，秋季時調回正常的時間，比如法國每年在三月底調成夏令時間，在十月底調回冬令時間。

17

春天來了，溫和又潮溼的西南風吹拂著矮樹林，把林地銀蓮花、榕葉毛茛[37]等清新的花香吹送過來。溫暖的陽光輕撫著面頰，好像在告訴我：艱辛漫長的寒冬確實過去了。

交配季節已然來到，鳥兒在枝頭雀躍，樹冠上百鳥齊鳴，共譜一首幸福的樂章。

幾隻鹿和我在樹下一邊摘採零食，一邊規劃地盤。

小威有一個同父異母的弟弟叫做勇勇，是小斑和新任伴侶小露生的兒子。勇勇的個性溫和，儘管春天已經到了，牠仍和冬天結盟的同伴有互動。勇勇的妹妹叫丁香，牠從媽媽那裡得到一小片領地，從此以後不必擔心鄰近的雄鹿會來追求騷擾。勇勇每天都在地盤上忙碌著，仔細的到處標記，如果有別隻鹿在附近徘徊，牠絕不會讓步，而是起身捍衛自己的家園。幾個星期下來，勇勇的地盤已經擴大到五公頃以上，以牠小小的年齡來說，這樣的表現還真不賴。

有一天早上，遠處傳來一陣巨大的轟隆聲，打破了森林王國的寧靜祥和。什麼東西會發出這麼刺耳的斷裂聲和尖銳的巨響？勇勇和我決定一起去查看，我們發現有人正在入侵野生世界、進入這片已有四十年歷史的樹林中。

這片樹林主要種植了歐洲赤松，偶爾也能見到幾株老當益壯的鵝耳櫪樹、山毛櫸、橡樹和樺樹。我們看到眼前矗立著一個大得嚇人的古怪機器，機器上方長得像是曳引機，旁邊伸出一隻怪手，下方共有八個巨輪，

37 榕葉毛莨：一種開在地面的小黃花。

輪胎表面布滿了深深的抓地紋路，怪手的末端還裝了好幾隻鏈鋸和一個龐大的鐵夾鉗。大怪物夾住一棵樹，從下方鋸斷樹木後輕鬆抬起樹幹，並從下往上脫掉樹皮、砍掉樹木上方的枝葉，再把樹幹鋸成一截一截長條狀堆在一旁，轉眼間就完成了一系列的複雜工作，然後繼續向另一棵樹進攻。大怪物摧殘森林的動作快得嚇人，儘管它發出震耳欲聾的噪音，但我幾乎聽得到樹木的哭聲。

看到這個怪物出現在自己地盤上讓勇勇嚇得心驚膽顫，牠一面狂喊，一面頭也不回的就跑走了，連三天都拒絕回到地盤上繼續標示，而機器怪物也在這三天完成了砍伐的工作。

森林重新恢復寧靜，我和勇勇一起回到牠的地盤檢查，發現機器把所有樹都砍光了。這裡原本是一個安詳的避風港，食物來源豐盛，松鼠、睡鼠和小鳥都來築巢，如今卻變成了一片淒涼死寂的平原。機器怪物把樹林夷為平地，只對一棵腐爛的樹幹手下留情，說是為了保持生物多樣性，幾個月以後還在樹上貼了一張環保宣傳單。

莫里斯·巴雷斯[38]曾經在《痛惜法國教堂》這本書中寫道：

「當你見到水源受到汙染、美景被破壞、森林面臨砍伐，或只是看到一棵大樹被砍倒，因而感到束手無策、不知如何挽回的時候，你是否深感不安與憤慨？這種心情（……）並不是在惋惜有形財富的消逝。我們都知道，要讓身心得到充分的發展，生活中不能沒有植物、書本、各種生命、快樂的動物，不能沒有未曾引流過的泉源、未曾引入渠道的小河、沒有鐵絲圍繞的森林、不受時間影響的空間。我們之所以熱愛森林、泉水、廣闊的視野，不僅因為它們有實際的用途，也為了一些無法言喻的原因。普羅旺斯山丘上失火的松林，就像一座引

---

38 莫里斯・巴雷斯（Maurice Barrès, 1862—1923）：法國政治人物兼作家，他曾促成法國一九一三年訂立的法國遺產法，在一九一四年寫成《痛惜法國教堂》（*La grande pitié des églises de France*）。

爆後的教堂。眼見阿爾卑斯山上的小坡沖刷出了渠道、庇里牛斯山的山坡上植被流失、香檳區變成廣大的荒漠、中南部形成侵蝕性的石灰高原、松林地區變成不毛之地、中部大區的高原上遍布了灌木叢……這一切都不禁讓人聯想到鐘樓倒塌的村鎮。」

我從來沒看過勇勇抖成這樣，牠站在自己剛劃好的地盤前面，從右邊望到左邊，又從左邊望回右邊，用鼻子嗅一嗅油品燃燒過的氣味，然後往前踏一步。牠猶豫了很久，最後還是洩氣了。勇勇的眼神充滿了絕望，變得氣惱又焦慮。牠的地盤全毀，庇護的空間也沒了，接下來連尋找食物都成問題，交配季節一到也沒牠的份了。

無家可歸的勇勇淪落到其他競爭對手的地盤上，得不到任何保護。牠失去了自己的地盤，無法為伴侶提供安心休憩的空間，再也不可能得到雌鹿的芳心。牠不能在短時間內建立新的地盤，又常遭到別的雄鹿驅離，最後只好在一片五平方公尺的灌木叢裡度過整個夏天。但是這裡缺乏糧食，食物類型又一成不變，勇勇的身心日漸受到摧殘。

勇勇的命運悲慘，生活條件惡劣，有時甚至不得不鋌而走險。沒多久，牠就變得疲憊消瘦，開始脫毛並長滿了寄生蟲，我第一次見到健康狀況這麼糟糕的鹿，真擔心牠會病倒。牠經常獨自哭泣哀鳴，暗自期待秋天快點到來，到時就能重新結交到一起過冬的朋友。

林務業者這麼不尊重森林和林中動物讓我深感失望。森林其實就是樹木的群落，裡面容納了各種植物和動物族群，如果打破了它的平衡，居住其中的族群便會全部遭殃。森林反映出生命複雜、神祕、多變的特性，它為林中的居民提供資源、保護、庇蔭、慰藉與美感，展現出萬物共存的生命意義。我之所以和鹿以及其他野生動物一起生活，並不是因為我上過哪門學科，把所學的知識套用在牠們身上，而是因為我理解大自然偉大的傑作——森林，並從動物身上領悟到生命的奧祕。這就跟學習語言一樣，就算你逐字逐句翻譯，還是不可能學會新的語言。要學會講另一種語言，就要掌握它微妙的表達方式、了解外國人的生活習慣，而不是動不動就拿來

和母語對照。我有幸能和野生動物一起生活，就是因為我身體力行去了解大自然、用心去講它的語言，而不是想盡辦法去翻譯它。

林務業目前的經營方式並不符合大自然的運作，因為全面砍伐[39]的破壞性太大，對依戀家園的野鹿來說是一種可怕的禍害。無論是森林或狩獵管理都應該遵循大自然的法則，人類總是把造林看得像是在種豌豆一樣，他們用人工方式為我的同伴建造樹林、替牠們創造生活條件，把山谷、稀疏的矮林看成「劣等」地段，殊不知這些不規則的空間正合我那群同伴的心意。如今，林務業以工業技術高速砍伐、運用機械來開發，業者在幾十萬公頃的土地上以單一的植株重新造林，讓鹿科動物的生活失衡，逼得牠們不得不到農田、果園和新種植的樹林去尋找維生的食物。

我們正在面臨鹿群逃離森林、大量外流的現象。一九九〇年前後，森林的砍伐作業尚未機械化，當時厄爾—盧瓦省博斯區的平原上很少能看到鹿，如今這些平原已住滿了野鹿，處處是五到十隻的小群體，牠們白天待在小樹林裡，等到黃昏或黎明時才到平原上尋找食物。法國西邊濱海的夏朗德省今日也常有野鹿進到葡萄園內偷吃葉片，或是駐足果園與公園，這些都是過去看不到的景象。

如今，森林已經不能為野鹿提供多樣性的食物——無論是「質」或「量」都明顯不足，更無法為牠們提供保護的空間。鹿群不見得會選擇居住在森林深處，牠們比較偏愛以矮樹林或森林邊緣為家。問題是，人類的都市不斷擴張、搶占山谷中的自然區域、持續蠶食鹿群原本的生活空間。儘管各地的森林都有自然擴大的趨勢，但是卻經常遭受砍伐，到處都能看到光禿禿的地面。

其實人類不必為了控制鹿群數量，就對牠們施加巨大的調節壓力。野鹿原本就有各種天敵，比如狐狸和老鷹——有些地區則是山貓和狼——經常捕食幼鹿，而且發生疾病的機率比我們想像的還頻繁，更別提野狗也可

39 全面砍伐：伐木業的用語是「皆伐」，也就是砍掉同一區域內大部分或全部的樹木。

能會咬食野鹿，這些情狀都有可能是牠們的致死因素。

儘管鹿有這麼多天敵，但牠們的出生率與死亡率還是相當平衡，各地鹿群的數量也幾乎維持不變。如果人類決心改掉過去不正確的處理方式，也許可以保留那些地盤意識最強的成年雄鹿，並根據環境所能承受的程度來決定各地鹿群密度的上限，讓牠們一代又一代自我調節。別忘了動物只食用大自然提供的資源，不會過量消耗食物來源，牠們才不會笨到自尋死路！

另一方面，為了讓動物能在灌木叢中安心進食，人類應該在森林各處提供灌木叢，避免讓太多野生動物群聚在同一處，而且需要創建闊葉林、減少松柏目的針葉樹木，以促進地面植被的生長[40]，並重整黑莓樹叢附近的林間空地，在矮樹叢裡種植漿果灌木，讓野鹿能在其中找到黑刺李、山楂和藍莓等野果。但願我們能盡量避免除草，讓野鹿愛吃的禾草自然長大，並持續維護林中的果樹，希望這些空地與森林邊緣的區域能得到牠們的青睞。

森林周邊的區域有著不同的演化進程且有不同的動物居住，比如野兔、山鶉、田鼠、老鷹和紅隼[41]都以平原為家；兔子、狐狸和獾住在荒原；鹿、伶鼬、松貂、石貂[42]、狐狸和獾則居住在森林邊緣。森林愈大，樹木就愈茂密，而愈是進到林中深處，就愈能見到野豬等大型動物。

其實我們應該把森林裡的樹木視為連結地球所有生物之間的那條線，伐木業必須尊重大自然的循環，用更有人性的方式來開發，讓以森林為家的動物能享受到更好的待遇，如果牠們能找到更喜愛的食物，就不會對人類種植的樹木這麼感興趣。大自然不是專供我們開採的資源，它是所有動物的共有財產，而人類只不過是「所有動物」的其中一員。

---

40 這是因為針葉林的土壤多呈酸性（灰化土），不利草本植被生長，不能為鹿群提供充足的食物來源。

41 紅隼：小型猛禽類，體型接近鴿子。紅隼有一種「空中暫留」的飛翔方式，能在同一個定點鼓翅，看起來就像停留在原處不動，相當容易辨識。

42 伶鼬、松貂、石貂都屬於鼬科（又稱貂科）動物，是體型靈巧的小型動物。

別忘了：

「如果森林的第一棵大樹為了文明與文化而倒下，那麼當斧頭砍倒最後一棵樹的時候，該國的文明與文化也將一同消失。」

18

某個寂靜的夜晚，我決定回家一趟。我好想洗個熱水澡，但不知道為什麼，心中似乎有種不祥的預感。微風吹拂著松樹的枝梢，空氣中飄散著清新的樹脂氣味，天上一顆星星也看不到。我沿著小徑走向位於森林邊緣、山谷下方的森林護管員之家，然後穿過狐狸穴和獾穴的斜坡。我還在路上碰到了老朋友——雄鹿瓦路，牠和伴侶小諾一同在一個巨大的凹洞裡攀爬著，這個洞是第二次世界大戰時砲彈所轟炸出來的。牠們的生活區域旁最近還建了一排高壓電塔，還挖了一條寬約一百公尺、長達好幾公里的大坑，附近的池塘都排乾，好幾百棵山毛櫸一起消失了。誰能想像這裡不久之前還屬於森林的一部分……

我繼續往前走進矮樹林區，踏上一條穿過森林的柏油車道，再穿越新建的防畜欄[43]。樹林邊緣本來就豎立了一排圍欄，如今又加上這道防畜欄，嚴禁野生動物離開森林。如今，入秋以後的平原再也聽不到赤鹿發情的吼叫聲了[44]。

森林裡所有聲響、氣味和知覺，我都習以為常。好一陣子沒有離開了，走到森林邊緣的時候，覺得連風吹的方式都不太一樣，四周的氣味變了，空氣也沒這麼潮溼。和森林比起來，這裡的風更大，一層層吹進我的毛衣裡面，讓我冷得發抖。我聞著青草的味道，在平原上步行前進，心中卻聽到了森林的呼喚。我彷彿正在替朋友送行，一個人站在月台上看著火車遠離，心中卻暗自擔憂以後再也無法見面。

老舊的路燈照耀著小路，我沿著人行道走回家。我家前院的門被上了兩圈鎖，我翻進院子裡，把鑰匙插進門鎖卻無法轉動，我打不開大門，於是改從車庫側門進入，再穿過另一扇小門進到家中。打開冰箱，我發現裡面空空如也，連收藏食物的櫃子也清空了，幾個櫃子甚至上了鎖！我後來才輾轉得知，家人在我回來之前就把食物全部藏起來了。

我含著淚離開家，這是我最後一次回到這個家。我頭也不回，用最快的速度離開，只想和我真正的家人——鹿群——盡快重逢。

一回到森林，我就開始尋找最心愛的朋友小威，但沒看到牠。一整個上午我都在找牠，但就是找不到。時間一個小時、一個小時過去了，我感到愈來愈消沉，我必須向牠訴說內心的痛苦。我在我們常經過的小徑上來來回回走了好幾次，還是沒有看到牠。我停下腳步，在林中空地休息了一會兒，我的肚子還是空的，但是卻一點胃口也沒有。現在是下午，但我卻感到身、心都疲憊極了，最後決定到小威和我常去休憩的另一片樹林。這

---

43 防畜欄：一般是在圍欄中留下一個開口作為通道，並在通道地面裝置防畜欄。作法是在地面挖一個大坑，上方平放一片金屬柵欄連接路面。人可以踩在柵欄上通行，車輛也能行駛無阻，但動物一看到柵欄下方的坑洞就不敢前進，達到防止動物通過的目的。

44 赤鹿在發情期會發出特有的吼叫聲，熱愛大自然的人常在九月份前往牠們的生存區域，在不干擾的情況下觀察這種特殊現象。

一次，我終於找到牠了！

小威英挺的站在那裡，正在觀察我。我想都不想就朝著牠飛奔過去，用雙手環抱著牠的脖子、靠在牠的肩上哭了起來。有好幾分鐘，牠一動也不動，任由我發洩情緒。我的臉貼在牠的前胸，感受到牠心臟的跳動，不一會兒，小威把口鼻貼在我的肩膀上，用熱烘烘的身軀溫暖了我，然後牠打了一個顫、豎直全身的毛，並低下頭開始舔我的臉。我真高興見到牠，慶幸能成為牠的朋友。我相信牠明白我當時有多沮喪。

鹿有感受情緒的特殊能力，牠們能辨別善惡，面對其他物種的時候，能得知對方究竟是友善和藹，還是居心不良。我很厭惡自己所屬的物種——人類殘殺我的同伴、破壞牠們的生活環境、毫不尊重森林，連我自己的家人都傷害了我。這一切都讓我下定決心，從此以後，我要盡最大的能力，在森林中維持絕對自給自足的生活，不再回到讓我難以了解的人類世界，一個欠缺人性的世界。

小威是同伴中最聰明的，牠從不評判我、能敏銳感受到我的痛苦，只要我需要，牠一定會慷慨相助。我甚至認為小威的行為很有「人性」，牠不僅是朋友，更是我的兄弟，而我這樣說，絕不是有意將牠擬人化。就算牠不是人類，卻依然能獲得我最深的敬意。

19

時光流逝，小威的頭頂快速長出一對俊美的鹿角。不過鹿角末端經常會癢，牠跟我撒嬌時，常常順便在我的手臂、腿上或是背包上磨鹿角。牠也常在小蕨的毛上亂磨，甚至笨拙的往女友臉上蹭過去，小蕨一開始很受不了，總是會往後退，不過時間一久牠也認命了，因為小威看起來真的癢得難受極了。

鹿角的生長完全不同於牛角。牛角的角心是活的，能夠不斷長大；而鹿角的表面包了一層類似皮膚的絨毛，裡面布滿了血管，能為骨質提供生長所需的養分。鹿角剛開始生長時相當敏感，長得愈大、敏感度也愈低，一旦停止生長，就完全沒有觸覺了。

鹿角的骨質主軸在雄鹿出生至六個月之間形成，之後頭頂上方會冒出約五公分長的小角，但是幼鹿的飲食會影響到小角的生長，不見得所有幼鹿都會長出小角。一月底以後，小角上的絨毛開始脫落，留下兩根細細的尖角，但到四月份以後就停止成長了。這對短小的尖角並不是真正的鹿角，小鹿要等到滿週歲之後才會長出第一對名副其實的鹿角。有趣的是，鹿角是否停止生長取決於牠的賀爾蒙，而賀爾蒙是否分泌則取決於日晒。冬天時，雄鹿體內沒有分泌賀爾蒙，此時就會出現絨毛，入春後體內重新分泌，鹿角便不再長大且愈來愈堅硬，絨毛也開始萎縮，稍微摩擦就會自動脫落。

脫去絨毛後的鹿角一開始是白色的，但是因為鹿會用角去摩擦樹幹，所以常常被樹液染色——比如山毛櫸會染成淺棕色，針葉樹會染成灰黑色。接下來，鹿角表面會長出突起的小顆粒，這些顆粒剛開始就像刨絲器一樣銳利，但是因為經常摩擦樹幹，不久就會磨得很光滑。林務業者最痛恨的就是開始褪去絨毛的鹿，因為牠們可能會損壞開採專用的林木。不過

這類樹木只占極少數，而且如果今年沒有砍伐，鹿明年還會在同一棵樹上摩擦。一般來說，鹿在五月份時會全部脫除絨毛，年長的鹿更在三月份就結束了。脫落在地上的絨毛不久會變白，因為裡面富含鈣質，所以齧齒類的小動物會吃得乾乾淨淨。鹿角是由堅硬的骨質所組成，絨毛一退去之後，就完全失去觸覺了。

小威碰見另一隻雄鹿的時候，會一邊點頭，一邊秀出自己的鹿角，有時牠會和對手互相頂住頭部，面對面角力。不過說起來，鹿角並不算是牠們的武器，如果野鹿碰上掠食的天敵，單用鹿角很難打贏對方，最理想的辦法還是走為上策。鹿奔跑的時速最高可達一百公里，而掠食牠們的天敵時速難得超過二十公里，所以說鹿角比較是用來自我炫耀的一種裝飾。通常，雄鹿一到春天就會頂著一對威風凜凜的鹿角，準備在欣賞牠們的雌鹿面前打敗情敵。

絨毛脫落後，鹿角就不再生長了。入秋以後，頭骨連接鹿角部位的細胞會自然衰退，所以鹿在奔跑或摩擦樹幹時，鹿角便會自然掉落。值得注

小威：我從不拍攝沒有交情的動物，因為我希望能捕捉到牠們傳達友情的目光。

意的是角的長短和鹿的年齡完全無關，就拿小斑來說吧，因為牠的領地特別廣大，可以尋找到的食物多樣且營養，所以牠的鹿角特別長。

小威和我繼續標示地盤，並沿路物色適合「塗抹」的樹幹。我們在路上遇見了阿怕，發現牠看起來一臉落魄，不，應該是說牠頭上的狀態很落魄。阿怕的鹿角雖然還保留著絨毛，但在生長過程中似乎出了狀況，看起來就像是枯萎了。通常鹿角的生長速度很快，如果在還沒變硬以前受到撞擊或發生意外，就有可能變形。阿怕今年就是不幸碰到這種狀況，牠的左角在生長過程中因為荊棘而損壞，上面覆蓋了一堆不堪入目的粗皮，影響到牠的正常生活。好在到了秋天，鹿角都會脫落，阿怕的畸形角也會消失，明年會長出一對不留疤痕的新鹿角。

不過疾病、槍傷或拉傷等較嚴重的事故都有可能造成慘重的後果。而且鹿角的生長週期會受到賀爾蒙影響，而體內激素的平衡又很容易破壞。受傷部位有可能妨礙到鹿角的生長，影響到牠們標示地盤的週期活動，嚴重波及鹿的社交生活。

20

我在盛夏期間遇見小蕨，牠在蕨葉間找了一塊空地，大剌剌的躺在地上享受豔陽，看起來真像在地中海海濱做日光浴的年輕女星。晒了好一會兒，小蕨才起身走向小威的領地。小蕨的步伐很快，我也加速腳步盡量跟在牠身後。牠繞過幾株黑莓樹，抬頭嗅一嗅空氣，試著從各種氣味當中尋找小威，不久之後終於找到牠的男友了。小蕨一見到小威，態度就變了，牠放慢速度，邁著穩健的步伐走到小威面前停了下來。小威一如往常的深情望著小蕨，並朝著牠走過來，但這位小姐居然假裝沒看見。小威試著貼近小蕨卻沒有成功，只好在牠身旁轉來轉去，並用鼻子湊近牠的尾部，抵住尖毛下方的部位。小蕨顫抖了一下，往旁邊跳開，甩甩頭回望小威一眼後又跑出幾公尺。小威緊跟在後，但小蕨卻突然停了下來，於是小威拱起背煞車，以免撞上小蕨。小威舉起前蹄放到小蕨的背上，但小蕨又跑開讓小威追趕，兩個小情侶愈玩愈興奮。

小蕨已經進入發情期，牠用腺體發出的氣味和典型的發情叫聲來吸引小威，但牠們在正式交配前還會有一段雄鹿追逐雌鹿的前戲。雌鹿利用這個機會來考驗雄鹿的體力，挑選出基因優異的伴侶，這樣才能生出健康強壯的小鹿。鹿是多夫或多妻制，但小威與小蕨、小斑和星星這兩對是例外。牠們並不是真的在實行一夫一妻制，只是互相讓對方在自己的地盤上享有優先權。所以說，小蕨不但會拒絕其他雄鹿的追求，也會避免到別的領地上去招蜂引蝶。

小威和小蕨玩著你追我跑的愛情遊戲，最後總會圍著一棵樹、一株樹樁或一塊大石頭熱烈追逐。這場遊戲的時間很長，牠們繞著大樹跑呀跑，跑到後來地面都磨出了一圈黃土，在法國稱為「巫婆圈」。今天真是苦了小威，牠邊跑邊喘邊呻吟，同時還大聲吼叫，不忘趕走別的情敵。因為其他雄鹿看到牠們在跳雙人舞，可能會一時心癢，想跟著加入遊戲。不過牠們想都別想！

大家可別誤會了，愛情遊戲玩到這個地步，主導的都是雌鹿，決定交配地點的也是雌鹿。如果可憐的雄鹿中途放棄或是累得倒下，那麼雌鹿就會去尋找另一隻雄鹿，把對方帶到同一個地點交配。好在小威並沒有累倒，牠努力著，避免自己淘汰出局。過了一會兒，小蕨終於準備好了，牠不再繞樹奔跑，小威便趕緊把握機會，多次趴在牠身上進行交配，而且顯然感到相當愉快。如果牠運氣好，接下來明天、後天甚至連續好幾天，一直持續到八月底，小蕨都有可能帶牠玩同一個遊戲，儘管發情期實際上只有兩、三天而已。

歐洲雌鹿一般的發情期是七月中到八月底，卵子受精後開始分裂，但在接下來的十六週當中，這一團細胞只會在子宮裡面「漂浮」，成長速度極度緩慢，一直要等到十二月以後才會附著在子宮壁上變成胚胎，正式開始發育。這個過程叫做「延遲著床」，其他鹿科動物並沒有這種現象，哺乳類當中也只見於獾、松貂、石貂和白鼬等少數動物。

胚胎形成後，生長速度就會突然變快。雌鹿會在受精九到十個月後生產，但在這段長達四十週的妊娠期當中，胚胎實際的生長期只有二十週。大自然就是這麼巧妙，如果雌鹿沒有在夏天受孕，到了十一、十二月份時就會進入第二次發情期，還有一次懷孕的機會。如果牠這次懷孕了，就不會發生「延遲著床」的現象，小鹿還是會在春天誕生。

小蕨到時會生下一、兩隻小鹿，牠的孩子到來年春天以前，都會一直跟在媽媽身邊。

幾天後，我碰到曼妞，牠也在玩同樣的愛情遊戲。曼妞實行的是百分之百的多夫制，牠的伴侶包括波波、阿怕、哈利等雄鹿，但是玩了好幾季還是沒懷孕。曼妞最喜歡把雄鹿引到自己選擇的交配地點，開始沒完沒了的奔跑，直到那些雄鹿一個個都跑不動了才肯停下來，每次都把那群可憐的雄鹿累到棄權。如果哪一天牠碰上耐力較強的雄鹿，就算對方好不容易過關了，但一到交配時刻曼妞就又丟下對方不管！

曼妞：曼妞閃動著迷人的秋波，是一隻名副其實的「花蝴蝶」。牠寧可當單身雌鹿也不願養育孩子，但最後還是生下了絲絲。只可惜絲絲的命運實在太悲慘……

看來，今天曼妞又打算這樣對待那些雄鹿了，不過我覺得氣氛怪怪的。此時此刻，曼妞已進入發情期，每隻雄鹿也都各自劃好地盤了。那三位瀟灑的雄鹿正坐在一旁等候，彼此相距幾公尺，這種情況並不常見。

曼妞先把哈利叫來玩追跑遊戲，玩了幾個小時以後，哈利打算放棄了。這時，我看到波波站起來跑向曼妞，繼續接力。哈利離開巫婆圈，回到阿怕身旁坐下，彼此之間完全沒有情敵間的競爭氣氛。曼妞似乎沒發現身旁的情況，依然不知情的圍著小樹椿奔跑。過了很久以後，波波也敗下陣離開巫婆圈，接著輪到阿怕上陣。我看著這場好戲，心裡暗暗發笑。沒多久，曼妞也累了，但牠不知該怎麼擺脫困境，因為自己也體力不支、無法一溜煙就逃離現場、丟下追求者。最後，曼妞只好認命，不再繼續奔跑，牠低下頭收起腹部、全身緊繃，擺出接受交配的姿勢。阿怕開始交配，幾次以後輪到波波，最後由哈利接手。第一輪交配結束之後，牠們又重來一次，三隻雄鹿似乎都很滿意彼此之間的默契。曼妞其實並不想玩火自焚，也不打算懷孕並在明年生下小鹿，但卻落入自己的陷阱中。

多年後，我一想到這個故事，還是會對鹿的適應力感到驚訝，牠們為了達到交配的目的，居然能夠改變一對一的原有模式，打破大自然最基本的法則。

21

夏天還沒結束之前，母狐小黛就把地盤劃好了，牠的領地面積很大，共有七平方公里。小黛的伴侶叫做小宇，牠們共同保衛一塊地盤、驅逐外來的動物。小黛和小宇已經連續三年結伴，牠們偶爾會一起去狩獵。不過小黛平常獨來獨往，總是習慣自己單獨獵食。把地盤整理好也趕走所有外來者以後，小黛又把一個兔子洞挖大並且占為己有，但是這一次牠不再讓小宇進新家的門。

狐狸的交配期在冬天。我在一個平靜的夜晚聽到這對愛侶正在遠處打鬧、高歌、吼叫，幾個小時後看到滿臉歡喜的小黛，看來小宇剛才開的獨唱會似乎打動了牠的芳心。接下來幾天牠們天天黏在一起，瘋狂玩起追逐

俊美的母狐：小宇是一尾瀟灑的棕狐，小黛是牠的伴侶，牠們生了一窩小狐狸。我曾和小黛相處過一陣子，不過我覺得跟狐狸生活不像跟鹿有趣，因為狐狸對別的動物興趣缺缺，很少有互動。

遊戲、跑得筋疲力盡。牠們不管林中的其他動物，更不顧自己的危險，果然是熱戀中的情侶！

四月的時候，我知道小黛在洞穴裡生產了。牠事前就把胸腹上的白毛拔掉、露出乳頭，方便給小寶寶餵奶。母狐懷胎期是五十二天，小狐狸出生後我雖然見不到，但是卻聽得到。因為寶寶需要依偎在媽媽身邊取暖，所以小黛連續兩週都待在洞穴裡照顧牠們，這段期間小黛的飲食起居完全依賴小宇。小宇每天會負責把多到嚇人的食物拿給小黛，不過我發現狐狸沒有做家事的天分，牠們每天都把各種有機殘渣堆放在洞口，不久就堆成了一座小垃圾山。

四週過去了，經過了大自然的天擇，最後只有兩隻狐狸寶寶活了下來，這是牠們第一次走出巢穴。小黛變得很瘦，已經沒有母奶可以餵了，要養活孩子們就只能靠森鼠[45]、鼩鼱或糞金龜等固體食物，牠常常獨自去獵食，讓孩子們在洞口前玩耍。這兩隻小狐狸調皮又貪玩，而且非常好奇。小黛獵食回來以後，有時會先把一部分食物埋起來儲藏，然後再回過頭來照顧兩個小調皮鬼。牠常常舔拭兩隻小狐狸，因為牠們的皮毛愈乾淨，就愈能抵抗寒冷。

小威對牠們一家來來去去的活動也很好奇，我們有時候會一起趴在地上觀察兩隻小狐狸。這兩個小鬼頭還不知道什麼叫做害怕，常常跑到我們面前玩耍。牠們的眼珠是深藍色的，後來慢慢長大，小臉蛋上的毛皮變得愈來愈呈現橘色，口鼻的部分也慢慢變長。

六個月的時間過去了，兩隻小狐狸現在常在森林裡面自由闖蕩，我經常碰到牠們。如今牠們已經斷奶，體型也很接近成年狐狸。小公狐最近才被父母趕出地盤，小母狐不久之前就自己離家了。

曼妞那隻機靈的雌鹿最近也生了小鹿，叫做「絲絲」，是一隻活力旺盛、充滿好奇心的小雌鹿。但我不知道牠的爸爸是誰，因為曼妞的追求者

45 森鼠：外表和家鼠很接近。

實在太多了。牠們的居住區域離小黛很遠，所以不必擔心受到小黛或小宇的威脅。我看過很多鹿從小長到大，如今也看著絲絲慢慢成長。

有一天早上，那時絲絲還沒滿三個月，我聽到牠在遠處呼叫，聲音像是在哭。我老遠就看到絲絲正在狂奔，於是急忙朝牠前進，走到一半才發現牠身旁有一隻準備獵食的小狐狸。我認出那是小黛的兒子，看來這隻小公狐在距離老家不遠處劃了地盤，開始獨立狩獵，但牠卻偏偏選擇攻擊我的朋友。我尋找曼妞的蹤影，照理說牠應該馬上就會跑過來保護女兒，可是卻不知道跑到哪裡去了。我繼續往絲絲的方向前進，暗自希望狐狸會因為我的干擾而放棄，可惜我的出現對牠一點影響也沒有，小公狐對我很熟悉，牠一心一意只想成功把絲絲當成下一餐。

這是我第一次面臨生死難題的窘境：我該從掠食者的口中搶救絲絲，還是順應大自然的殘酷法則呢？我在森林居住了這麼多年，現在扮演的角色究竟是單純的旁觀者，還是說我早已成為森林王國的成員？我繼續前進，發現絲絲的喉嚨和後腿都受了重傷，牠還在呼喚著媽媽，但是曼妞就是遲遲不出現，到底為什麼？按理說，曼妞應該馬上就來搶救才對呀！小狐狸再次衝向絲絲，咬住牠的下腹部，並揪住牠的脖子把獵物翻倒在地，絲絲倒下以後就再也起不來了。如果我堅持出面，現在還來得及趕走狐狸，但是把牠趕走又有什麼用呢？眼睜睜看著受了重傷的絲絲死在我面前嗎？其實我什麼忙也幫不上，因為我來得太晚，只能接受這個無法挽回的事實。我受到了很大的衝擊，寧可轉身離開，也不願親眼目睹絲絲變成獵物的慘狀。

但是我不懂，曼妞為什麼不在現場？一般來說，雌鹿總是全心全意為子女付出才對。我找了很久，終於發現曼妞了，牠一路不斷呻吟，到處輕聲呼喚著女兒，原來牠沒注意到絲絲跟丟了。曼妞的年紀很輕、經驗很少而且粗心大意。更糟的是這陣子牠一直有過敏性鼻炎，影響到嗅覺。最近牠不斷在吸鼻子，看起來好像鼻塞了。可憐的曼妞，絲絲是牠唯一的女兒，我看見朋友眼神裡的慌亂。我低聲呼喚，要牠跟我到事發現場。一回到那裡，曼妞就明白女兒已死。我能看出曼妞有多麼痛苦，牠四周搜尋、

找到了狐狸並追上去，但一切都太遲了。
曼妞花了好幾週，才慢慢從這場悲劇中平復。

22

小蕨在大樹群中漫步，邊走邊吃著石楠花和燈心草，然後慢慢進到一片長了低矮植物的林中空地。牠對幾公尺外種植的樹林特別感興趣，這片土地兩年前曾遭到全面砍伐，如今再生出第一批樺樹、榛樹、梣樹、山楂樹等木本與半木本植物。植物自然萌生[46]時會抽出形形色色的幼莖，上面常長滿了嫩葉和美味的新芽，我的朋友身在這片大自然裡，牠當然不會錯過、好好享受了一頓美食。不過我知道牠來這裡的目的不只是為了食物，

46 萌生：植物受到干擾（如火災、砍伐等）後，重新從根部或基部長出新枝苗，變成多莖幹植株的過程。

也為了尋找能把新生小鹿藏起來的去處，因為小蕨的肚子已經隆起，不久就要生小寶寶了。牠在幾個特殊地點留下記號，劃出自己的活動區，必要時會盡力護衛這片區域，不久之後牠將在這裡生產、撫養寶寶。

小威和小蕨的生存區域相當廣闊，面積約有四十公頃，平常所有活動都在這裡進行，如果別的雄鹿或雌鹿在這裡出現，牠們只會容忍一時。這一片地到處都有四通八達的小徑，為牠們提供覓食、躲避的空間，還有很多位置優越又能讓牠們安靜休憩的地點。小威在另一頭嚴謹的規劃地盤，必要時也會挺身捍衛家園。他的領地只占了生存區域中的一小片，和小蕨的活動區交集。

五月初的時候，小蕨在一片草原上生產，牠只生下一胎女兒，我把幼鹿叫做「花粉」。產後幾週我都沒有去打擾這對母女，其實那時候我和小威每天都在忙著劃地盤，本來也不清閒。

有一天，小威去找小蕨和女兒，打算和牠們一起度過下午的時光，我也無憂無慮的跟在牠們身後。小蕨走在前，小威和女兒在中間，我則尾隨在後。我們在一條伐木小徑上前進，旁邊種植了歐洲赤松，因為針葉樹能維持溫度，所以這片樹林比較暖和。明豔的陽光把我們照得暖烘烘的，走了一會兒之後，我們打算找一個舒適的地方停下來休息。

突然間，我聽到一陣刺耳的嘶嘶聲，我嚇得僵住了。這個聲響來自地面的一條蛇，我剛才差一點就踩到牠，不小心把牠給惹火了。那條蛇擺出防禦的姿態，仰頭對著我一動也不動。我學鹿一樣維持身體的姿態，一條腿懸空，讓時間暫時靜止，但是過了一會兒，那隻蛇還是沒有消氣。我瞥見同伴們正不斷遠離，連忙發出小鹿緊急呼救的叫聲，但是花粉和小威都沒有反應，小蕨離我太遠，只怕牠更不可能聽到。

好在小蕨忽然轉頭，花粉也跟著停下來，母女倆一同望向我這裡，我繼續發出小鹿特有的恐懼叫聲。小蕨終於懂了，牠轉身超越小威，跑向我這裡。還沒到我面前，小蕨就看到地上的蛇，牠馬上低下頭，小心抬高腳步悄悄前進，牠愈來愈接近，但地上這一位似乎還不知情。突然間，小蕨抬起前腿，凶狠的從敵人背後踩下去，蛇趕忙竄逃，但小蕨依然緊追在後，對準蛇的頭部又踢又踩。那條倒楣的蛇被踢得四處亂蹦，看起來就像一塊沒有生命的橡膠，大概已經沒命了。不過小蕨還是踢個不停，直到確定蛇已經死透了才住手。

事情解決後，小蕨才回到花粉身邊憐愛的在女兒身上舔了一會兒，然後繼續帶隊往前走。好奇的小威跑到一動也不動的死蛇旁，低頭聞了一下。牠不時回頭看看小蕨，又不時盯著心有餘悸的我，似乎期待我會稱讚小蕨一番。牠大概從沒見過伴侶出現這麼暴力的行為，不過小蕨跟所有的雌鹿一樣，最討厭蛇了，如果有小鹿在身旁的話，牠會更厭惡這些爬蟲類。我知道剛才那隻盲眼[47]蛇可能比我還要害怕，也許稍微等一下子，牠就會自行溜走。不過我很慶幸小蕨主動來解救我，讓我大大鬆了一口氣。我的小命保住了，謝謝小蕨。

小威、小蕨和女兒繼續過著平靜的日子。然而，春末的一個早晨，森林裡卻發生了一場風波。風波的女主角叫做「凱麗」，牠是阿福的妹妹，生活經驗很豐富，但不知為什麼離開森林深處的活動區，來到我們這一帶。我發現凱麗的肚子很大，看來牠不久後也要生產了。和小蕨一樣，凱麗有當媽媽的經驗，應該早已劃好地盤，我原本以為牠會回到自己的區域生小寶寶，可惜事情完全不是這麼一回事。凱麗的地盤意識很強，儘管牠長得清秀甜美、人見人愛，但我不得不承認牠有著天生的牛脾氣。

那天上午，小蕨、花粉和我在森林小徑旁看到凱麗向我們走過來。牠看見小蕨沒什麼反應，就繼續往前走了幾步，先在我身上嗅了幾下，然後直接走向小蕨。小蕨很合群，一開始還打算友善的在凱麗身上舔幾下，但凱麗突然對著牠大叫，堅持要把牠趕走。小蕨不肯退讓，本想扭轉情勢回頭趕走凱麗，但是凱麗實在太強壯了，牠們爭鬥了很久，凱麗最終驅離了小蕨，牠們愈跑愈遠，只留下花粉和我。

我們在原地等小蕨，但回來的不是牠而是凱麗。花粉嚇得驚慌失措，牠呼吸急促並用兩條前腿抱住頭。凱麗並不打算和牠鬥，牠對小蕨的女兒

---

47 作者知道蛇的視力很差，在這裡乾脆把牠們說成「盲眼」。

一點興趣都沒有。我們等了很久，才聽到小蕨在呼喚我們——不，是在呼喚牠的女兒。花粉一聽，馬上衝進旁邊的林地，朝媽媽跑去，凱麗則在一旁看著我們離開。

小蕨被趕出自己的領地後就再也沒有回來了。凱麗在高草地上生下了一隻小雌鹿，我幫牠取名為「小可」。

幾個月過去了，小可和花粉成為了好朋友。凱麗對我愈來愈好奇，這種情形在雌鹿當中很少見。一般來說，雄鹿因為雄性激素較高，對自己比較有信心、認為自己很強壯，所以對我比較沒有心防。跟雌鹿交往就需要多花兩倍的時間，因為牠們會更小心觀察，就算沒有孩子，還是會基於母性本能站在防衛的立場。牠們的心理狀況比較複雜，個性也比較膽怯。不過，凱麗不同於哥哥阿福，很願意主動靠近並觀察我，而且凡事一點就通，我們很快就成為朋友了。

入秋以後，我們天天聚在一起，除了凱麗、小蕨、小威和我以外，後來小水、波波、曼妞、勇勇和阿福也加入，再把花粉和小可兩隻小鹿算進

凱麗：牠把我當成值得信賴的朋友，
甚至讓我正式成為小梅和希希的保母。

來，連人帶鹿總共十一位組成了過冬友情團，一起出發到森林的未知區域探索。儘管鹿不能算是活動性很強的動物，但我們到處走動，每天至少會跑上五公里的路程。大家在各區樹林的邊緣遊玩、奔跑，在森林護管員之家後方的大土丘上衝刺，穿過草地上帶刺的鐵絲圈，在肥沃的青草上度過了一段幸福歡樂的時光。

有一天，同伴們正在反芻，我在一旁休息，勇勇站起來先咬了幾片葉子，然後突然在草原中央跳了起來，牠跳一陣子，休息一會兒，然後又開始往空中亂蹦，高度超過一公尺。牠瘋了嗎？沒有，勇勇才沒有發瘋，牠只是在玩、在跳舞，牠想像自己是一隻高大的雄鹿，先是衝到一株莖葉前嚴肅的教訓它，要它好自為之，然後又自己在原地瘋狂旋轉起來。勇勇自得其樂，大夥都覺得很有趣，一起看著牠發瘋。勇勇稍微停了一會兒，又再次激烈狂跳，一邊把屁股往上甩，一邊蹦向空中，還騰空踢了好幾腿，最後才用後蹄直立著。牠玩個不停，自己轉來轉去，一會兒假想身旁有一隻鹿，用鹿角抵住對方，一會兒又像是發瘋一樣到處亂跑亂跳。當牠好不容易停下來，沒多久又再次蹦跳、凌空轉了一圈，然後非常瀟灑的四腿著地。牠對周遭一切都充滿好奇，玩性大發，就這樣連續鬧了好幾分鐘。最後才像什麼事都沒有發生過的樣子，回到凱麗身邊坐下。不久之後，大夥一起回到森林裡。

小水是一隻小母鹿，有著一雙調皮的眼睛，雖然牠已經習慣我的存在了，但總是喜歡跑過來試探我。平靜的下午快結束時，坐在地上的小水突然往一旁衝出去，衝到一半又停下來，回頭看看大夥，尤其特別注意我的反應。牠想當我們這一團的首領，但是鹿群平時並沒有領袖，而且小水總是瘋瘋癲癲的，誰都不願信任牠。大家平靜的生活，牠偏偏喜歡破壞氣氛，總是興高采烈的逗弄大家，我不得不承認自己有時候覺得牠真的很煩。不過話說回來，小水其實很可愛又很有個性，長大後一定會是一隻快樂的鹿。

我跟著這個團體過日子，並沒有意識到冬天已經結束，春天又來臨了，不過現在的天氣還是很冷。在森林住了這麼多年，我的健康狀況變得

很差，平常因為營養不足，肌肉特別容易疲勞。

天上正下著小雨，冷風穿透身上的層層衣物。我趁著同伴圍繞在身旁，選了一棵避風的大樹，準備安心睡上幾分鐘。夾雜著冰雪的陣雨正從空中落下，我沒有注意到天氣愈變愈糟，也沒發現四周的溫度正在急速下降。我什麼都沒想，很快就沉沉入睡，體溫也在睡夢中快速下降。

醒來的時候，我完全不知道自己身在何處，甚至連自己是誰都想不起來，更糟的是我的四肢麻痺，全身都無法動彈。小威過來看我，牠跟平常一樣，一睡醒就會跑過來，用小小的舌頭舔我的臉。牠這一舔，讓我稍微清醒了些，不再感到這麼麻木，也重新意識到自己身在森林之中。

我看著朋友的一雙大眼睛，牠正用小鼻子頂我的鼻子。我很想站起來，但身體就像是被釘在地上一樣，雙腿如千斤重，全身上下沒有一處願意聽我使喚。我用盡全力抓住旁邊的樹枝，終於勉強站了起來。我的心臟在胸口怦怦敲打，腦袋昏沉、全身麻木，四周的景物轉個不停，我忍不住嘔吐了。我試著走動一下，讓身體暖和一點，並從口袋裡拿出一枝蠟燭，用了好幾枝火柴才把它點燃，再把蠟燭放在枯葉下方，才終於把柴火點起來。接著我從背包裡拿出隨身攜帶的緊急備用樹枝丟進火裡，火勢慢慢變大，我趕緊靠近取暖，並用刀子切開一小塊木頭後丟進火堆，不讓柴火熄滅，這下子我終於回過神了。我繼續照顧火堆，小威和其他同伴也一起靠了過來，我們共度了一個營火之夜。

我很氣自己這麼不小心，差點丟掉小命。野外環境險惡，身在其中難免會遇到危險，如果事前有萬全的措施與準備，必要時還是能夠救命。這場虛驚就像電擊一樣震撼了我，雖然這不是我第一次失溫，但之前從來沒有這麼久。

我希望充分利用自己的生命，和同伴們一起度過我的人生，即使生命短暫也無所謂。但是人類正在摧殘這個瘋狂的世界，我希望自己能拯救我的朋友。我必須活下去，繼續向人們講述鹿的故事，讓更多人了解野生世界的真相。

23

要了解鹿這種動物，就必須認識牠們的過去，而牠們的故事往往和人類歷史連結在一起，有時甚至帶著某種悲劇色彩。在史前時代，狩獵是確保人類存活的重要活動。早期人類原本在大草原上狩獵，但由於當時的氣候開始變化、樹木快速成長，使得獵物的種類開始轉變，赤鹿、野豬、狼和鹿等動物逐漸出現，各類族群發展十分迅速。狩獵不但改變了動物的行為習慣，也讓森林慢慢成為動物的避難所。此時的人類之所以需要打獵，不只是為了獲取糧食、衣物、工具，也為了保護才剛誕生的農業活動。

然而，考古研究發現，人類獵食鹿的證據很少，這也許是因為鹿難得會破壞農作物，不足以引起人類的殺意；又也許是因為牠們特別聰明，習慣獨來獨往、懂得逃避危險，讓獵人不容易下手。而我們永遠無從得知真正的答案。

中世紀前期[48]以前的君王經常舉行狩獵活動，目的是在保護農作物不被野生動物破壞。進行圍捕時，常常由農人擔任追捕者的角色，把獵物驅趕到射擊手的面前[49]。傳統狩獵經常獵殺赤鹿，但是如今有些歷史學家認為獵鹿[50]是二十世紀人類發明的說法，過去並不存在。演變到後來，各代國王與領主逐漸把打獵視為一種「休閒活動」，也就不在意動物經常破壞農田的現象了，一三九六年的時候甚至發布了一條「即使動物破壞田地，農人也不得獵殺」的禁令。狩獵最初的目的是消滅野生動物、保護農

48 中世紀前期：按照一般說法，中世紀涵蓋了西元五世紀到十五世紀的漫長時光，又分為前、中、後三期。中世紀前期包含了五到十世紀的時段。

49 參見第12章關於「圍捕」的注釋。

50 獵鹿：這裡指的是麠鹿，也就是本書的主角。

人的利益，但到了最後，卻演變成專為屠殺而屠殺的自私娛樂。被稱為「獵人之父」的法國國王法蘭索瓦一世就曾經不顧農人的需要，極力保護獵人的利益。為了狩獵之樂，國王與人民之間竟然出現了衝突。

法國一座座美麗的森林之所以能保存到今日，就是因為自古以來的君王都熱中於狩獵。儘管如此，森林本身的面貌卻經歷了很大的轉變，比如林間處處開闢了路徑，而且許多森林常從中心點向外延伸成一個四通八達的交通網。一七六四年的時候，法國制定了一份完整的「國王狩獵地圖」，收錄了所有穿越森林的路徑，為使用者指引方向；繪圖技術也從此時開始發展，逐漸演變為現代地圖學。

從此以後，森林的地位大為提升，各種保護措施也應運而生，有些地區甚至重新植樹造林。像我所居住的諾曼第地區，從前的貴族就曾管控林中的農業活動，有時候甚至全面禁止耕種，目的就是要讓森林和林中動物能持續發展。從這個時候開始，森林的用途既不在於木材，也已不在於提供糧食，而成了專門用來狩獵的消遣空間。

法國大革命之後，人民政府廢除了貴族的許多特權，狩獵權就是其中一條，早在一七八九年就受到新政府禁止。原有的社會秩序全面瓦解，波及了成千上萬的野生動物，其中也包括了鹿，因為在廢除特權之前，只有王公貴族才能打獵，而他們對於獵鹿的興趣不大，很少會去捕殺。但十九世紀以後，鹿開始被歸類為小型獵物，不受任何捕殺規定的限制，而且打獵也在當時成為了一種普及的活動。結果，在不到一個世紀的短短時間當中，鹿幾乎完全滅絕。進入二十世紀後，兩次世界大戰對野生動物也造成了重大的傷害。

法國一直到一九七九年才頒布了限制狩獵的規定，鹿群終於能夠喘一口氣，重新繁殖並讓族群逐漸達到穩定的數量。然而法國在兩次戰後重新造林，種植了許多工整又單調的林地、開發多種冬季作物，並在林區餵養野生動物[51]。當時國家制定了一系列措施，只為了加速法國工業化，嚴重

---

51 餵養野生動物：比如作者前面就曾提到獵人常把食物擺放在森林裡，專門用來養胖野豬。

破壞了鹿的生活環境。農業與林業經營只以利潤為導向，加上農村也受到工業化和機械化的影響，這一切都使得野生世界與人類活動變得水火不容。從人類出現在地球上至今，鹿的生活形式並沒有改變，但是近幾個世紀，尤其是近幾十年來的文化變遷，卻徹底擾亂了森林動物的生活。

過去，森林曾為人類提供豐富的食物，它的重要性和農田不相上下。新石器時代的人們以橡樹的果實作為主食；到了中世紀，橡實依然是民間常見的食物，用來製作麵餅、麵包、蒸餾酒，或是做為咖啡的替代品，直到馬鈴薯引進之後才逐漸取而代之。其他如栗子、榛果、核桃、山楂、黑刺李、野生梨、櫻桃、花楸等果實，也都是民間常見的食物。在阿爾卑斯山區，居民常以一種針葉樹的大型種子作為冬天的糧食。矮樹林生產的食物也豐富多變，毫不遜於高大的森林區——草莓、覆盆子、黑莓和紅莓都是常見的果類，還有各式各樣的菇類，其名聲甚至遠播到當時的羅馬。蕨類的葉片常用來填塞床鋪，山毛櫸的葉子也用來製作床墊，還冠上了充滿詩意的別名——木羽毛。過去，人們常把燈心草鋪在地面，用來隔絕地板的寒氣[52]。打從遠古以來，我們就不斷從森林中獲取樹脂、樹漆、樹膠、乳膠、果子、木材等資源，不自覺的「調節」林中可食用資源的數量，人類在林中捕食的活動也有助於調節動物族群的數量。我之所以能在野外生活這麼久，靠的就是這種代代傳承的森林文化。現今的問題在於，我們已經從單純的採集活動，一下子轉換為具有破壞性的密集種植，這一切沒有別的目的，只為了從中獲取利潤，完全罔顧各種效益次要的植物，而過去的森林之所以規模壯觀、豐富多元，就是因為多樣化的植被。

今天，如果鹿啃了待售小樹的頂芽，那麼林業與木材工業就會把那棵樹列入「殘缺」一類，認為這棵樹沒有開發的價值。儘管人們仍然把它們稱為「森林」，但森林實際上已經變成了工業園地。為了讓這片工業地重生，業者把資金投注在圍欄等保護措施上，但這類裝置相當昂貴（每十公

52 原文還在這裡提到「joncher le sol」（滿地都是）的法文用語，動詞joncher就是從燈心草（jonc）這個字演變而來的。

頃林地約兩萬歐元[53]），而且圍欄經常裝設在林中空地或是全面砍伐後的樹林，不僅縮小了鹿的生存區域，更嚴重削減了牠們的食物來源，逼得牠們不得不轉移陣地，到其他區域去覓食，使得業者又得在這些新區域裝置昂貴的圍欄，形成永無止境的惡性循環。有些保護措施能直接裝設在每一棵幼樹上，通常是在樹幹外圍包上塑膠套或鐵絲網，這麼一來，野生動物就可以在樹林間自由行動，但這類設備往往比樹苗本身還昂貴，而且還是沒有幫鹿解決填飽肚子的問題。

　　現代人侵占了森林，不留任何空間給那些以森林為生的物種。而學習分享並不困難，我想要說「從獲得中學習如何給予」是一件很容易的事。比方說，如果你在山毛櫸或雲杉旁種植一棵毫不起眼的柳樹，因為它的味道很符合鹿的胃口，所以最後鹿會吃的就是這棵平凡的柳樹。如果你讓黑

53 兩萬歐元：約合六十四萬台幣。

缺糧：森林開發後，我們的食物也跟著削減，有時不得不跑到公園或田裡去翻找根莖或塊莖。

莓樹叢在林區自然生長而「不去開發[54]」，那麼樹叢就會形成天然的保護區，吸引野鹿來這裡生活，就算別的地方有好料的牠們也不稀罕。如果你不急著把林中空地上的禾草全部割除，那鹿就不會常到車道兩旁去尋找禾草、影響交通……我們可以照著這個邏輯，不斷依此類推。

人類不該把森林看成工業用地，而該把它當作一個資本，一個能生出源源不絕利息的資本。鹿不會因為人類不同意，就不去商用樹林裡尋找食物。牠們與森林互動，在森林中尋求飲食，但這並不表示牠們濫用資源。其實，牠們絕不會浪費自己賴以維生的天然資源，平時的活動也都有助於保養森林。我們不能為了迎合木材工業、有心減少野生動物的數量，就想盡辦法要推算出最理想的動物密度。我們總是想計算出「可狩獵物種」的平衡點，但這樣做實在沒有任何意義，過去不可靠、未來也一定行不通，因為自古以來，狩獵平衡的變數實在太多，氣候、天氣狀況、食物供應、天敵數量等諸多條件，都可能會有影響。

二十一世紀的現代工業常常訂立各種配額，以市場需求作為基礎，長期提供過剩的產物；而所謂的「需求」本身也充滿了變數，無論是用在森林或是其他自然環境當中，這種運作模式絕對不可行。現在居然有人提出「一百公頃林地二十隻鹿」的說法，人類世界這種唯利是圖的規則，對野生動物來說實在毫無意義。在已經備受氣候變化影響的地球上，光靠這種指標在自然與工業之間尋求平衡，絕對是不夠的。儘管當局每年都會普查族群數量，但這些數據頂多只能為族群發展提供一個平均值，並不是絕對的指標。如果我們硬要把自然環境當作斂財的聚寶盆，哪有可能達到什麼平衡？

所以說，木材工業應該遵循自然法則，否則大自然一定會失衡，他們應該停止破壞矮林、設立寧靜的林區、修剪樹木、保持林中空地的原樣、促進自然播種、減少狩獵對族群產生的壓力、承認鹿群數量能夠自我調

54 作者故意在這裡諷刺「開發」的說法，因為人類為了追求利益而處處介入，難得有些自然空間還沒被侵占，就說是沒「開發」的區域。

節。不，自然程序完全不需要我們的介入，與其試圖取代大自然原有的天敵，人類實在應該先守好自己的本分。

森林工業化對動物是一種折磨，來到林中漫步的行人——甚至是所有與森林有所接觸的人——是否都能意識到自然環境正遭受多大的破壞？我們應該現在就擔負起責任，再不行動就來不及了。何必長途跋涉、千辛萬苦去拍攝瀕臨滅絕的原始森林？我們自家的森林也具有相同的生物重要性，而它們也正在消逝。

思索森林：

人啊！
冬夜裡，我是你家壁爐中的火焰
炎夏時，我是屋簷下涼爽的庇蔭
我是你入睡的那張床鋪、你家的屋梁

我是你擺放麵包的餐桌、船隻的桅桿
我是鋤頭的把手、木屋的小門
你的搖籃、你的棺材、
你的工藝創作、裝飾物品用的都是我的木頭
請答應我的懇求：不要摧毀我……

24

小可逐漸長大，凱麗想盡辦法讓女兒明白牠已經大到可以離家自立，但小可就是假裝不懂。凱麗甚至幫女兒安排好一片附屬區域，確保牠的安全，但是沒辦法就是沒辦法，小可不肯長大，一心只想跟在媽媽身邊。凱麗又耐心等了幾天，但時間不多了，因為牠又懷孕了。眼看女兒就是賴著不走，凱麗最後終於決定把小可趕走，過程和牠去年把小蕨趕出領地一樣。小可不情願的住進附屬地，但是依然常常和媽媽見面，繼續得到凱麗的保護。

幾個星期後，凱麗在生下小可的同一地點，再次產下兩隻小鹿，我把小母鹿叫做小由、小雄鹿叫做查理（這個名字來自《查理在哪裡？[55]》的遊戲書，讀者必須在人山人海的圖片當中找出查理）。凱麗上次生下小可後，等了很久才肯把女兒介紹給我認識，當時小可都快斷奶了，我從那時才開始有權跟在小鹿身後行動。但是凱麗這次產後兩個月，就讓我接觸兩個寶寶，真讓我受寵若驚，看來凱麗這個當媽媽的似乎對自己的孩子十分自豪。我並沒有想盡辦法急著探望幼鹿，讓凱麗有多一些時間休息，牠對我的表現相當滿意，所以對我的評價也愈來愈高了。

一年慢慢過去，到了第二年春天，凱麗又懷孕了。這一次牠依然好言相勸，鼓勵兩隻一歲大的小鹿到外面自立。小由是母鹿，牠接收了凱麗送牠的另一片附屬地，姊姊小可則有權繼續在同一個區域生活一年。不過查理就不一樣了，因為牠是雄鹿，無法得到媽媽贈送的領地，只有兩種選擇：不是自己去爭取地盤，就是把自己託付給另一隻雄鹿，不論是長輩、

55《查理在哪裡？》：也就是台灣版的《威利在哪裡？》法文版把書中人叫做「查理」。

凱麗和小梅：凱麗教導小梅認識植物。這片樹林經常有母鹿最愛的小野芝麻，這種植物含有豐富的營養，以後小梅懷孕時也會需要吸收多種養分。

朋友或是爸爸。查理最後找到勇勇，因為牠們曾聚在一起過冬，感情很好，所以勇勇理所當然成為查理的「監護鹿」。而且……勇勇好像愛上凱麗了。

當森林的開發嚴重波及雄鹿與雌鹿的領地時，鹿群的生存區域會變小，年輕的小鹿也無法離家自立。發生這種情況時，牠們會盡量適應現狀，避免和鄰居發生爭執，並經常黏在媽媽身邊，選擇在母鹿的領地上建立地盤。久而久之，這種「在老家定居」的做法會衍生出愈來愈壯大的鹿群，新生的鹿不斷融入兄姊的族群當中，雖然彼此感情和睦、少有衝突，但生存區域的面積卻不斷縮減。

春天一下就過了，夏天依然風和日麗。勇勇對凱麗展開追求，凱麗也欣然接受，不久之後生下了兩隻小鹿，小雄鹿叫做希希，小母鹿叫做小梅，可愛到讓人想咬一口。這一年，凱麗連等都不等了，兩隻幼鹿身上的白胎斑才剛剛消失，牠就把小鹿帶到我跟前。兩兄妹健康壯碩，體重估計至少有一公斤半。每次牠們到處亂逛，我都會興高采烈的跟在後面，不過有一天我終於搞懂凱麗的心思了，原來每次牠一旦覺得累，就會把兩個小蘿蔔頭丟給我！

一般說來，母鹿和小鹿平常的活動距離不超過兩百公尺，但凱麗這個媽媽早就盤算好了，因為牠產後還沒完全恢復體力，所以決定僱用我當保母，把兩個小頑皮丟給我照顧，自己開開心心到高草地上去覓食。兩隻小鹿發現媽媽不在，不論我在旁邊怎麼吼叫警告都懶得理我。牠們到處亂闖，調皮搗蛋得不得了。希希喜歡把小梅推倒在地，然後壓在妹妹身上，小梅一跌倒，也喜歡拉著哥哥一起翻倒在地，兩個小朋友簡直鬧翻天了。

還好，凱麗在一天當中，還是要回來哺乳十次左右，牠無法留住母奶，而且必須把從大自然中汲取的能量與養分哺育給小梅和希希。小鹿是否能夠存活，完全取決於森林所提供的食物，可見保護森林食物來源的品質、種類和數量有多麼重要。雨量也是一個重要的變數，尤其是在春天快要結束的時候，因為植物品質的好壞、是否可供食用，都和水源息息相關——雨量多，食物也多，奶水就愈營養，而幼鹿也就愈健康。

兩兄妹成長快速，體重每天增加一百五十公克。凱麗把品質優異的大量奶水轉變成兩個寶寶身上三百公克的肉，而牠自己的體重也不過二十五公斤而已，這種餵養的成果實在讓人讚嘆。如今，在所有的有蹄類動物中，母鹿對孩子投注最多照顧。不幸的是，儘管母鹿對小鹿的照護無微不至，但森林經常受到全面砍伐，小野芝麻或蕁麻等植物愈來愈難找，母鹿的奶水不論是就「質」或「量」都漸漸無法滿足寶寶的需要，許多小鹿不分雌雄，未滿三個月就早夭。讓人痛心的是，同一胎手足通常有著相同的命運，如果有一隻死於營養不良，另一隻可能不久也會跟著夭折，因為體質太過虛弱，因此常常在氣溫最低的清晨凍死。

兩兄妹喝飽母奶以後，凱麗暫時離開牠們，來到我身邊看望我。這時，我突發奇想，想嘗一嘗鹿奶的味道。我耐心撫摸牠許久，然後試著像修車工人一樣，低下頭、彎向牠的腹部，並且湊近兩對乳頭。我輕輕撫摸其中一個，稍微壓按一下奶水就流出來了。鹿奶的味道有點像泡過乾燥花和朝鮮薊的蒸發乳[56]，如果你也喜歡浸泡過香料的奶汁，就會覺得很可

我最鍾愛的小母鹿：如果小威是母鹿的話，一定很像小梅。小梅聰明又好奇，而且頑皮伶俐，渴望向周圍世界學習。

口，嘗起來的味道雖然令人意外，但實在不錯！我知道鹿奶的營養成分大於牛奶和羊奶，不過我這麼做只是為了嘗試，母奶應該留給小兄妹，好讓牠們不斷成長茁壯。

小梅聰明得不得了，我將牠視為雌性版的小威，我猜這可能是來自勇勇的基因。我把同伴們分成好幾個家族，包括小斑家族（小斑、小威、勇勇、花粉）、波德家族（阿福、凱麗、小水）、果果家族、阿弗家族等。每一個家族都有自己的獨特性，而每個成員都擁有共通的特點，比如鹿角的形狀、吻部長短、毛皮是否呈橘色、臉部長相等。不同家族的成員交配後，有時能生出特別俊美或聰明的下一代。我注意到小斑家族成員擁有明顯的共同基因，類似的特質都出現在小威和小斑身上，如今也可以在小梅身上看見。波德家族的成員也有明顯的特質，牠們的性格比較保守，而且雄鹿

56 蒸發乳：牛奶經過濃縮製成的乳製品。

的鹿角長成V字形，不像小斑家族的成員，兩支角平行筆直生長。

我和小梅玩得很高興，我有點像是牠的人類哥哥，雖然無法取代牠的孿生哥哥，但牠依然很重視我。

這一天，凱麗和希希跑到陽光下休憩，小梅懶得走，和我一起留在原地。牠們母子逐漸遠離，我們則在樹下休息。夏日豔陽高照，陽光穿透了林冠。小梅像平常一樣把臉蛋貼在膝蓋下方，在我身旁十公分的地方蜷縮成一團。

突然間，空中發出一連串嚇人的劈啪聲，一團黑影從天而降——一隻老鷹正俯衝、撲向我們！牠的利爪把我的手臂和腿劃得皮開肉綻！我真不敢相信！不過老鷹似乎沒想到會在這裡碰上我，也吃了一驚。牠因為看到小梅趴在地上休息，所以起了獵殺幼鹿的心。可惜牠的運氣不好，偏偏碰上了我，而之前又沒有發現我的存在，所以我倒是救了小梅一命。老鷹長鳴一聲便飛走了，小梅還顫抖個不停，急忙衝向不遠處的媽媽。我的手臂正在淌血，小腿也被劃開一條深深的傷口，凱麗看到我們驚魂未定，馬上跑到小梅身邊，一面舔拭，一面低聲安撫女兒。不久之後我們終於平靜下來，我打開水壺用水清洗傷口，凱麗則走到我的面前嗅一嗅，舔了我幾下。然後我們便一同前往開闊的林地，繼續過完這驚心動魄的一天。

時間繼續往前進，夏天過完了，秋天眼看著也即將結束。我的體力雖然不佳，但還是願意樂觀面對將至的冬天。我哪裡會想到難以預料的未來還在等著我……

快要冬至了，漫漫長夜特別難熬。小威、小蕨和花粉轉移陣地，決定一起離開山毛櫸林，住進松林深處。林務工人正在砍伐一旁的樹林，明年春天就能提供同伴們嫩葉和新芽。花粉已經是個漂亮的小姑娘了，住在這一頭的小梅和哥哥還是幼鹿。這兩塊地盤相距滿遠的，我在其中來回跑了好幾次。

溫度愈來愈低，天氣狀況也愈來愈糟。有一天晚上不算太冷，我的心情變得比較好，努力打起精神重新振作。天上下起了小雨，但跟我過去經歷過的寒冷相比實在不算什麼。凱麗、小梅、希希和我聚在一起，勇勇也在這個時候加入我們，小梅坐在我的前方。這時，我決定閉上眼小睡一下。

沒多久，當我睜開眼睛的時候，倏然發現森林下雪了。雪下得很大，小梅身上已經積了薄薄的一層雪花。廣闊無邊的森林寂靜無聲，只聽得見雪片落地時輕巧細碎的聲音。我看到雪片沾溼了我的毛衣，趕緊站起來拍掉。小梅依然坐在地上，牠舔了自己的身體好幾下，還試著嗅一嗅飄在眼前的雪花。雪飄了一整個晚上，清晨以後氣溫再次下降。好在目前積雪有限，尋找食物不至於太困難。白天的時候天氣晴朗，我趕緊把握機會，在地面鋪上冷杉的枝葉，躺在陽光下休息。

夜晚再次降臨，天空重新布滿了烏雲，雪花在空中盤旋飛舞，天氣變得更冷了。夜間以後大雪開始紛飛，寒風從東邊吹來，把我凍得椎心刺骨。雪下到後來逐漸結成冰，一到清晨，整個森林變得像是一座滑冰場，雪和霜層層堆積在地面，走在上面特別吃力，凱麗和小梅好幾次就差點摔倒，我也和牠們一樣狼狽不堪。黑莓樹葉全都結凍了。同伴們把地上的積雪和葉片撥開，挖出一個洞，然後坐在上面耐心休憩。

當天氣條件變得很惡劣時，野生鹿會主動減緩新陳代謝的速度。小梅依然坐在我的前方，一整天下來，牠幾乎完全不動，把活動量減到最低。鹿之所以有這種能力，是因為惡劣天候持續太久的時候，牠們能主動減少瘤胃的吸收面積，不需要進食和活動，而且體重也不會因此減輕太多，真可惜我沒有這種超能力。我就像一隻大紅鸛[57]，先彎起一條腿活動一下，然後再換另一條腿。我在兩邊地盤來來去去，確保大家都安全無事。不過這樣跑來跑去，沒多久就讓我筋疲力盡，最後我也決定盡量減少活動量、找個地方生火燒水，一方面可以喝熱水，一方面正好能夠取暖，此時我唯一能做的就是耐心等待。肚子好餓，但我盡量不去想。我打從心底佩服幾隻幼鹿的耐力，牠們看起來又瘦又弱，但是從來不抱怨，真是值得學習的

57 大紅鸛：火烈鳥科，和火鶴很接近，常用單腿站立。

好榜樣。

寒冷逐漸消散、風雨再起，但氣溫開始升高，森林萬物恢復正常作息。這場氣候事件再次迫使我思索未來，考慮如何終結我的森林冒險生活。這對我來說很為難，我熱愛野生世界、深愛這群朋友，但我的身體愈來愈虛弱，我必須回到人類世界才能繼續活下去，還要向人講述這群同伴的故事。

25

我好疲倦，發自內心徹底感到無力。今年冬天嚴酷的霜雪讓我特別疲憊，過去的我總是活力充沛，如今卻找不到能夠補充體力的食物。我的地盤也顯得憔悴，既看不到樹葉，也找不到禾草，因為櫻桃樹、野芝麻葉、蕁麻等各種植物都被割除了，林中原來的空地現在都變成了玉米田，我必須長途跋涉好幾公里才能找到食物。更慘的是，皇家林道兩側的樹林也被夷為平地，以前這裡長滿了樺樹、櫻桃樹、椈樹，走在林地當中，樹木一直是一道天然的視覺屏障——小徑上的人看不到林中的我，我卻可以清楚窺見小徑的一切動靜。如今，屏障完全消失了，方圓兩百五十公尺內的事物一覽無遺、逃不過任何目光。

我愈來愈常想到是否要結束這場森林冒險，這不表示我打算拋棄同伴，不，我寧可留在森林裡、死在牠們身邊，也不願死在有人類的地方。而且我很熟悉森林，知道哪些地方夠隱密，不會讓人找到我的屍身。我真正擔心的是這群朋友，牠們眼睜睜看著自己的地盤一再消失、不斷受罪。無論是對牠們或是對我來說，我都覺得自己應該站出來，向民眾敘述野生動物的真實處境。我並不想自誇，但我相信自己也許可以代牠們發言。

達達已經老了。這個夏天的清晨我們聚在一起休憩，一同養精蓄銳。去年出生的雄鹿如今一隻隻雄壯威武，達達這把老骨頭再也鬥不過新生代了，今年牠的地盤變得七零八落。達達頭上的鹿角也不再筆直，一看就讓我聯想到老人家因為關節炎而變形的手指。達達的英姿不再，年輕一代都把牠當成牢騷滿腹的老頑固。

幾個小時後，太陽出來了，達達打算穿越一條人來人往的林中小徑。牠站起來整理一下自己的皮毛，在身邊咬下幾片葉子嚼一嚼，小心翼翼的走向林中小徑，然後又花了一點時間啃咬路邊的黑莓樹叢。沒一會兒，早起的行人已經來到森林裡了。達達抬頭觀察他們，然後僵著脖子回到剛才的矮樹林裡，暫時打消穿越小徑的念頭。行人走遠後，我們站了好一會兒，然後達達重新坐在地上反芻。

休息過後，牠又站了起來，搖搖頭、哼了一聲，再次走向森林小徑。才剛準備好要穿越，又看到有人騎著腳踏車，從石子路上方往這裡衝過來，於是達達只好再次放棄，走進樹林間啃了幾朵小花。時間不斷流逝，過了一陣子，達達小心的走向小徑，想要再試一次。好不容易準備好要穿越了，卻看到三輛越野車正朝著這裡急駛過來，牠馬上跳進矮樹林區、爬上小陡坡看著人們離去。

這一天當中，達達不知道試了多少次，但每前進一步，就得馬上退後好幾步。我們一靠近這條該死的路段，就一定會碰上健行者、車子、遊客或前來運動的人，可憐的達達無論如何就是沒辦法到另一頭去劃地盤。

白天就這樣過了，人類活動逐漸減少。太陽即將下山，我們回到小徑旁，發現四周終於清靜了下來。達達變得比較平靜，在四下尋找葉片。這

時，我突然看到遠方有一名行人正在往這裡走近，他身旁跟著一隻動物。達達一看到對方，馬上又躲回樹林裡。啊！我受夠了！打從我完全住進森林以來，這是我第一次決定要去面對人類。

山毛櫸的枝葉：這裡是小威的出生地，但如今已經不復存在。林務業者折騰這片林地好幾次，第一次把樺樹、鵝耳櫪樹叢、榛樹和黑刺李樹砍倒；第二次把橡樹等昂貴的樹種運走；最後一次則是全面砍伐，只留下一片悽愴的景象。

26

「晚安……」

「晚安，你好。」

這位行人是女性，她身上穿著白色抓毛絨外套和牛仔褲、戴著方框金邊眼鏡，身旁有一隻小型的庇里牛斯牧羊犬。我盯著那隻狗，很擔心牠會從我身上聞出達達的氣味。如果牠突然發怒，我可能會無法控制場面、不知道該怎麼反應，於是我盡量擺出和藹可親的樣子，準確一點應該說：我裝出記憶中和藹可親的人應有的模樣，主動勸告她。

「我想提醒妳一下，前面有一隻野豬正在到處亂逛，為了安全起見，我勸你們最好還是沿著原路回頭。」

「哦，謝謝！你說得對。你很熟悉這座森林嗎？」

「很熟，我是野生動物攝影師。」

她的車子停在森林外側，靠近小鎮的邊緣。我陪她一起走向停車場，我們自然而然就聊起動物、聊到森林之美，她告訴我這附近不久就要修建車道，並感嘆說森林又要遭殃了。我看她似乎很重視大自然，於是不知不覺就跟她提到我的那群鹿朋友。

「真有趣！我覺得你應該開一個攝影展，讓大家認識鹿的真實生活！」

我心中突然產生了一種異常的情緒，一種從未有過的感覺，我的心似乎被什麼觸動了。她熱愛動物，也熱愛大自然，而且似乎認為應該保護我的那群同伴，我們一直聊到天黑才分手。我回到達達身邊，發現牠終於成功穿越小徑。那個女孩仍然在我的腦海中徘徊不去，我一直忘不掉她的面孔和她的氣味。

幾個月之後，我回到文明世界，並在盧維城旁邊的勒當小鎮舉行第一場攝影展。很多人蜂擁來到現場，有的是為了觀看我的攝影作品，有的只是想瞧一瞧我的模樣，他們聽說我這個怪人曾經住在附近的野外，和野生動物一起生活了十年，常常嚇到森林中的行人。

每次和人們談話，我的感官就會進入警戒狀態，我可以從他們的氣味當中聞出畏怯、厭煩、恐懼、不信任的情緒，這一切對我來說有如折磨，是我好久以來不曾感受到的痛苦，讓我覺得非常難受。

我與訪客談話時，突然看到有個人在離我幾公尺的前方，觀賞一張小威栩栩如生的獨照，我認出了那位幾個月前曾經觸動我的女孩。她一面微笑一面走向我：

「你就是我在森林裡遇見的那個人嗎？」

「是的，就是我。妳還好嗎？」

我很快就意識到一個事實，那就是：今後我將不再獨自探險，她將是第二位能見到我那群同伴的人類。十二月三十一日是森林節，我們一起到森林裡慶祝，我把凱麗、小梅、希希和阿福介紹給她。從此以後，進入野鹿神奇世界的人類至少有兩位了！

後記

無論對鹿或對人來說，森林都是我們不可或缺的空間。它為我們提供糧食與保護，如果每一個人都誠心守護森林，那麼森林也會繼續保護人類，幫助我們抵抗寒冬的凜冽、緩解炎夏的酷熱、減輕劇烈的風暴，還能阻止荒漠持續擴大。森林蘊藏了豐富的資源，為我們提供食物與醫藥。沒有了它，世間的景色將變得荒涼蕭瑟，失去生命的世界將是一片死寂。正因為有了森林，大氣才能得到淨化，萬物才能吸進賴以為生的氧氣，沒有它，就沒有動物。所以我們應該尊重森林，也尊重生活在其中的動物，不應該一味自私自利，忘記我們對森林有所虧欠。

野鹿有如森林，和牠們在一起生活就是與森林一同生活。人類出現在地球上的時間還不到一百萬年，在森林當中生活的期間，我開始從自然史的宏觀角度來審視人類這段短暫的歷史。走在樹林間，很多人都曾與野鹿四目相接，這種經歷多半轉瞬即逝。如今，各地的都市不斷在擴張，更多人經常有機會在市郊地區與這種奇妙的動物邂逅。不過，相遇並不代表相知，森林空間不斷在工業化，人類的活動已經影響到野鹿的生活，甚至改變了牠們的社群關係。如果你想了解動物的生活，那你就必須認識森林。在面對這個時代的經濟與工業困境時，我希望人類能向野鹿借鏡，學習互相分享的精神，進一步回歸自然環境。

恩斯特．維歇特[58]說得很對：

「唯有持續且明確的施行因果法則，森林才可能被視為平靜安全的所在。一旦偏離這條法則，一旦專橫的力量掌控了森林世界，這片居所就會處處遭受威脅。」

58 恩斯特．維歇特（Ernst Wiechert, 1887—1950）：德語作家、詩人。